JANUSZ KORCZAK

la gloire

adapté du polonais par
ZOFIA BOBOWICZ

illustrations de
FRANÇOIS DAVOT

Castor Poche Flammarion

Janusz Korczak, de son vrai nom Henryk Goldszmit, est l'auteur de ce livre. L'Année internationale de l'enfant, 1979, fut dédiée à ce grand médecin, penseur, éducateur et écrivain, né à Varsovie, en Pologne, en 1878 ou 1879.

A l'âge de cinq ans, le futur Janusz Korczak confie à sa grand-mère son désir de « transformer le monde, afin qu'il n'y ait plus d'enfants pauvres ni malheureux ». Ceci allait devenir le programme de toute sa vie.

Pour mieux comprendre et soigner les enfants, il devient médecin-pédiatre, puis fonde la Maison de l'orphelin qu'il organise en une république enfantine où les enfants apprennent « les règles de la vie ». Véritable ami et allié des enfants, il part en croisade pour la défense de leurs droits : il publie de nombreux articles, des ouvrages pédagogiques et littéraires, donne des conférences, parle à la radio et fonde un vrai journal d'enfants à grand tirage, fait par les enfants eux-mêmes.

Après avoir vécu toute sa vie parmi les enfants, Janusz Korczak est mort avec eux en 1942, au camp de déportation de Treblinka.

Du même auteur, traduits en français :

Comment aimer un enfant, R. Laffont éd.

Le Droit de l'enfant au respect, R. Laffont éd.

Le Roi Mathias Ier, Gallimard éd., coll. Folio-Junior.

Zofia Bobowicz a adapté ce live qui a été écrit en 1913.

Elle est née en Pologne, à Varsovie, et habite en France depuis 1957.

Journaliste de formation, elle travaille d'abord à la radio, puis, dès 1963, se consavre avec passion à la traduction littéraire.

Rédactrice à la revue *Les Cahiers de l'Est,* elle présente et fait connaître la littérature polonaise en France. Elle est également l'auteur d'une anthologie de poésies qui ont marqué son enfance polonaise, et traductrice des œuvres du médecin pédagogue polonais Janusz Korczak.

François Davot, l'illustrateur de l'intérieur, a été instituteur durant dix années. Aujourd'hui, il se consacre entièrement à l'illustration. Marié, il est père de deux garçons et habite avec Monique, sa femme dans une petite ville à côté de troyes.

Gérard Franquin, l'illustrateur de la couverture :

Depuis sa naissance, en 1951, il a pratiquement toujours à la main soit un crayon, soit un pinceau... Il a illustré de nombreux albums et ouvrages pour l'Atelier du Père Castor.

La Gloire est un livre important, car il aborde avec humour et tendresse des thèmes essentiels et difficiles qu'on trouve rarement dans les livres destinés à la jeunesse : la pauvreté, le chômage, la maladie, la mort, l'amour.
L'histoire se situe à Varsovie vers 1910, mais les sujets sont toujours d'actualité. Il y a encore aujourd'hui beaucoup de Marie, de Olek et de Jean de par le monde...

Castor Poche
Collection animée par
François Faucher, Martine Lang et Soazig Le Bail

Titre original :

STAWA

Une production de l'Atelier du Père Castor

PRÉFACE

Ce livre a été écrit en 1913, il a donc l'âge de vos arrière-grands-parents. Il n'a pas été écrit en français, mais en polonais qui était la langue de son auteur, Janusz Korczak. Pour que vous puissiez le lire, il a fallu le traduire et même l'adapter, c'est-à-dire remplacer certains mots ou certains passages du récit par d'autres, plus familiers à un jeune lecteur français d'aujourd'hui. Cet effort valait la peine d'être fait parce que Janusz Korczak parle ici de choses importantes et difficiles qu'on trouve rarement dans les livres destinés aux enfants.

Ces choses importantes et difficiles sont la pauvreté, la maladie, la mort, l'amour. Janusz

Korczak, qui était médecin et éducateur, savait que ces problèmes-là préoccupent souvent un enfant et qu'il fallait lui en parler pour l'aider à se débrouiller dans la vie.

Ce livre parle de choses tristes mais il n'est pas triste, bien au contraire, il est écrit avec humour et tendresse. Jean, Marie et Olek, qui en sont les héros, ne peuvent plus aller à l'école et sont obligés de travailler très jeunes parce que leurs parents manquent d'argent. Ils apprennent très tôt ce qu'est le chômage ou la mort. Cela ne les empêche pourtant pas de faire de grands projets d'avenir qu'à force de vouloir ils finissent par réaliser, chacun à sa manière.

Korczak, qui savait que la vie n'est jamais une chose facile, finit son livre par une phrase que j'ai supprimée dans ma traduction car je préférais vous la donner dans cette préface. La voici : « Enfants, faites de grands projets, des rêves orgueilleux... il en sortira toujours quelque chose de bon ! »

Zofia Bobowicz

Chapitre 1

Rien de plus difficile que de commencer un livre. Il faut dire tant de choses à la fois! Or, si on en dit trop d'un coup, on risque de tout embrouiller.

Surtout lorsque – comme dans l'histoire qui va suivre – on a au moins cinq enfants à introduire dans le récit, sans compter les parents, la vieille grand-mère, l'oncle, la tante, le chat et beaucoup d'autres personnes encore.

A vrai dire, les plus âgés surtout méritent qu'on en parle. Peut-on dire quelque chose d'intéressant sur la petite Abou, à part le fait qu'elle est tombée une fois de son berceau? Elle ne fait que dormir et pleurer : « Abou... abou... abou... »

Viki et Pucette sont plus âgés qu'elle, et ils vont mourir au cours de l'histoire, alors nous ne pourrons pas beaucoup parler d'eux non plus. La grand-mère partira très vite en voyage; quant au chat, on sera obligé de s'en séparer au moment du déménagement.

Pour le moment, ils sont encore tous ensemble, et Jean va à l'école. Il a une ceinture avec une boucle argentée, un plumier qui ferme à clé et un tablier avec une poche sur le côté.

Marie va aussi à l'école, mais son école à elle n'est pas bien compliquée : on y met au coin les enfants qui se conduisent mal.

Marie est la seule personne avec qui Jean peut échanger quelques mots de temps à autre, et encore... Marie est une fille, elle n'a jamais vu un incendie et, lorsqu'elle vous raconte quelque chose, vous ne savez jamais si c'est vrai ou si elle invente.

– Tu mens! dit Jean.
– Non, c'est vrai, je le jure!

Mais Jean ne se laisse pas emberlificoter.

– Pauvre fille, qu'est-ce que tu peux raconter comme bobards!

Quant à la tante, qui a toujours trop chaud et ne supporte pas le bruit, il n'y a aucune raison de la mettre dans ce livre, car elle a refusé de prêter de l'argent à papa. Pauvre papa, lui qui était si confiant et qui prêtait à tout le monde!

Nous ne nous occuperons pas davantage de l'oncle – pas le mari de cette tante mais l'autre, celui qui a donné à Jean le plumier et les dominos, et qui a surnommé sa sœur Pucette –, cela pour la simple raison qu'il ne viendra jamais dans leur nouvel appartement.

D'ailleurs, rien ne sera plus jamais pareil.

Tout commença à aller mal le jour où, juste en face du café de papa, le « Dragon » ouvrit son salon de thé avec des petites tables en marbre et des boules de billard joliment peintes sur les vitres.

– Tu verras, ce « Dragon » finira par nous avaler, a dit maman à papa dès qu'elle a vu toutes ces tables en marbre et la belle enseigne de couleur avec les verres peints dessus.

En effet, tous les clients ont commencé à aller en face, ils ne voulaient plus prendre leur café sur les tables recouvertes de toile cirée de l'établissement de papa.

– Il faut que nous allions gagner notre pain ailleurs, dit un jour maman.

Et papa, qui ne disait jamais rien, soupira tristement.

Jean se dit qu'ils allaient déménager mais il ne comprenait pas pour quelle raison : papa était installé là depuis longtemps, pourquoi céderait-il à l'autre, qui venait d'ouvrir?

Jean n'avait aucune envie de changer de maison. D'autant plus que de grands travaux venaient de commencer dans

leur rue : tant de tuyaux de fer empilés les uns sur les autres faisaient rêver le garçon!

Ç'aurait été formidable pour jouer au château fort!

Chapitre 2

C'est bien, un déménagement! On peut faire ce qu'on veut pendant que les parents emballent les affaires; on voit des tas d'objets qui d'habitude restent cachés et on peut prendre les boîtes et les ficelles que maman va jeter. Un déménagement, c'est bien, même si la rue qu'on abandonne est devenue un formidable chantier plein de trous et de tuyaux, même si l'on voit des larmes dans les yeux des parents, même si l'on perçoit la tristesse de la grand-mère et celle du chat.

Parce que le chat aussi était triste. Il bâillait en faisant sa toilette, miaulait, suivait partout grand-mère et faisait de son mieux pour éviter Viki. Celui-ci tentait de lui expliquer ce qui se passait, mais le chat ne l'écoutait pas. Lorsqu'il le prenait sur ses genoux, le chat s'éloignait rapidement, comme s'il venait de se rappeler quelque chose de très important.

Papa, Jean et Marie montèrent dans le camion chargé de meubles; grand-mère, maman et les petits prirent le tramway. Jean devait faire très attention, car papa lui avait confié deux abat-jour en verre; il les gardait précieusement dans ses bras tandis que Marie tenait à la main la cage avec le canari.

Ils roulèrent longtemps, en prenant des rues qu'ils ne connaissaient même pas.

Une fois arrivés, il leur fallut monter très haut et, à chaque étage, ils rencontraient des gens qui les regardaient en silence.

« Maintenant, ce sera propre chez nous », pensa Jean.

Avant, sa mère disait toujours que leur

appartement ressemblait à une vraie porcherie. Forcément, quand on habite au rez-de-chaussée, il ne peut pas y avoir d'ordre, avec toutes les saletés que les enfants apportent de la cour!

Il n'y eut pas de repas chaud ce jour-là. Ils couchèrent par terre, car il fallait monter les lits, et, lorsqu'on voulut en monter un, on s'aperçut qu'il avait le pied cassé.

Le lendemain, tout le monde se leva très tôt. Viki ne voulut pas s'habiller et maman lui administra trois fessées. Il en resta tout étonné et cessa tout de suite de pleurer. Il comprit que dans ce nouvel appartement il y avait quelque chose de changé.

– Finissez votre thé et allez-vous-en dehors! dit maman.

Avant, elle avait l'habitude d'ajouter :

– Ne jouez pas avec des voyous!

Incrédule, Jean lui jeta un coup d'œil avant de demander :

– Nous devons tous descendre dans la cour?

– Tous, répondit maman.

Jean aida Viki à descendre, marche par marche, avec autant de précautions que la veille quand il montait les abat-jour de verre. Viki était très content. Ça lui plaisait d'avoir tant de marches à descendre. Marie donnait la main à Pucette : elles emportaient dans la cour trois boîtes en carton parce qu'elles craignaient que maman ne les jetât.

Une fois dans la cour, ils se mirent dans un coin près du mur pour ne pas gêner les autres. Mais les enfants de la cour s'arrêtèrent immédiatement de jouer et, s'approchant d'eux, ils commencèrent à les observer. Ils ne disaient rien, ils regardaient seulement, avec insistance.

Comme c'est désagréable de ne connaître personne! Heureusement, une des filles, plus âgée que les autres et l'air sûre d'elle, intervint à ce moment-là pour chasser les curieux :

– Qu'avez-vous à rester plantés là, comme des choux? Vous n'avez jamais vu des gens? Déguerpissez, et plus vite que ça!

Ils obéirent et seule la fille resta.

– C'est vous qui avez emménagé hier soir, n'est-ce pas?

– Oui, répondit Marie.

A vrai dire, c'était à Jean de répondre en tant qu'aîné. Mais Jean était occupé à réfléchir sur la façon dont il pourrait faire comprendre à cette fille qu'elle n'avait pas affaire à un voyou.

Lui dire tout de suite qu'il allait à l'école? Cela ne se faisait pas... il aurait l'air de se vanter. Il ne pouvait pas non plus la saluer courtoisement parce qu'il avait laissé sa casquette à la maison. Alors, sans réfléchir, il dit seulement :

– Merci.

– Pourquoi me remercies-tu? s'étonna la fille.

– Parce que... tu as fait partir les autres.

Trop tard! Jean venait de réaliser combien sa sortie était idiote : maman disait toujours qu'il fallait remercier les gens quand on recevait quelque chose, et la fille ne leur avait rien donné!

Mais la glace était rompue. La nouvelle connaissance se mit à parler et elle finit par raconter une drôle d'histoire sur son père. Elle la dit à l'oreille de Jean pour ne pas être entendue des autres, même de Marie, et elle le pria de ne la répéter à personne.

Jean rentra chez lui très fier d'avoir été choisi comme confident et gardien d'un secret que personne d'autre que lui n'avait le droit de connaître.

Chapitre 3

Marie, Pucette et Viki se firent bientôt des amis.

Quand il faisait beau, ils jouaient avec eux dans la cour. Maman ne le leur défendait plus, mais Marie préférait ne pas emporter de jouets avec elle parce qu'il y avait toujours quelqu'un qui l'embêtait pour les lui prendre. S'il pleuvait, ils descendaient tous un étage plus bas et jouaient soit chez les voisins d'en dessous, soit dans l'escalier. Marie prenait alors avec elle sa poupée (le plus beau cadeau de son oncle!) ou la dînette, qui datait aussi du bon vieux temps.

Il ne leur manquait rien... à part les bonbons.

Jean restait seul. Il s'ennuyait. Il en voulait à Marie, à Viki et à Pucette de l'avoir laissé tomber. Il les voyait courir tantôt avec l'un, tantôt avec l'autre; ils ne montaient plus à la maison que pour manger et ne lui racontaient plus rien. Mais Jean était trop fier pour leur poser des questions.

Il ouvrait parfois son cartable et se mettait à feuilleter ses cahiers et ses livres; mais il n'avait plus de devoirs à faire. Il n'allait plus en classe : l'école était trop chère. Il s'approchait alors de la fenêtre, s'asseyait à côté de la petite Abou et regardait en bas, dans la cour. Vues de si haut, toutes les choses paraissaient minuscules!

Autrefois, Marie était bien heureuse lorsqu'il daignait jouer avec elle! A présent, il ne lui restait plus que la petite Abou, qui ne savait pas encore parler.

Lorsque maman l'envoyait faire quelques courses chez l'épicier, il traversait la cour très lentement : quelqu'un aurait peut-être envie de lui adresser la parole, de lui poser une question?

Là où ils habitaient avant, il connaissait tout le monde et tout le monde le connaissait : le tourneur, M. Martin, et François, le coiffeur.

Ah! s'il avait pu y retourner! Même pour un tout petit moment, juste le temps de jeter un coup d'œil pour voir ce qui s'y passait, qui habitait dans leur appartement. Et puis, que devenaient ses copains? Et les travaux dans leur rue? Peut-être que les tuyaux étaient déjà posés.

Jean était malheureux.

Papa partait tôt le matin et, quand il rentrait le soir, maman lui demandait toujours :

– Et alors?

– Toujours rien, répondait papa.

Grand-mère restait dans son coin, toute triste... Elle n'avait même plus à grogner, puisque à présent c'était maman qui faisait tout à la maison. Maman, par contre, se fâchait plus souvent, et Viki et Pucette recevaient des gifles à la place de bonbons.

– Ne croyez pas que ça va se passer comme avant, disait alors maman.

Il en fut ainsi jusqu'au samedi.

Samedi, on vit arriver l'oncle et la tante, mais sans Médor. Seul Marc les accompagnait. Jean n'aimait pas Marc, parce qu'il ne faisait que se vanter. Jean serait volontiers resté à la maison pour écouter la conversation des grandes personnes, mais maman leur avait dit d'aller jouer dans la cour. Comme ils s'apprêtaient à descendre, la tante leur fit cette recommandation :

– Surtout, ne jouez qu'entre vous!

Cette remarque fit rougir Jean.

Marc était beaucoup moins bavard que d'habitude. Il n'essaya même pas de parler de son fusil! Jean était sûr que Marc lui cachait quelque chose. C'est la tante

qui avait dû lui défendre de parler.

Ils allèrent s'installer près de la fenêtre du vestibule pour regarder les petits jouer aux invités.

Lorsqu'on leur dit de remonter à la maison, Jean, qui s'attendait à trouver un goûter préparé par maman, fut très étonné de ne voir ni nappe ni tasses sur la table. Il n'y aurait donc pas de gâteaux ni de café?

– Tu n'as pas faim, Marc? demanda maman en baissant les yeux.

– Non, non, il n'a pas faim, s'empressa de répondre la tante à sa place. N'est-ce pas, Marc, que tu n'as pas faim?

On commença à se dire au revoir, mais pas comme d'habitude, ces adieux-là avaient l'air bizarre, et Jean, qui regardait toute la scène de loin, comprit tout à coup que grand-mère allait les quitter.

Avant, grand-mère était souvent fâchée contre lui, elle le grondait et se plaignait de lui à papa, alors Jean ne l'aimait qu'un tout petit peu, juste ce qu'il fallait. Maintenant, en regardant son visage ridé, il remarqua pour la première fois combien elle était vieille et seule, et abandonnée de tout le monde. Il eut envie de pleurer, mais ne pleura pas.

« Si je ne pleure pas, c'est que je dois être déjà grand », se dit-il, mais cette pensée, qui aurait dû lui faire plaisir, le laissa indifférent.

A quoi lui servirait-il d'être grand?

Chapitre 4

Le lendemain, bien que ce fût un dimanche, Jean se réveilla de très bonne heure.

Depuis quelque temps, les dimanches n'étaient guère différents des autres jours de la semaine.

Les grandes personnes étaient déjà levées. Grand-mère, habillée comme pour sortir, regardait papa qui était en train de nouer un baluchon. Jean s'assit sur son lit, mais maman lui dit aussitôt d'une voix fâchée :

– Dors, dors, il est encore tôt!

Il se recoucha donc, appuya sa tête contre l'oreiller et fit semblant de dormir.

Papa, qui venait de finir son baluchon, buvait maintenant un café très noir. Il le but très vite, sans dire un mot. Grand-mère en prit aussi, mais sans se presser, cuillerée après cuillerée, et en soufflant dessus. Puis, maman prit le pain, qui était resté sur la table, et l'enveloppa. Grand-mère murmura :

– Pour quoi faire? Laisse, c'est pas la peine.

– Vous aurez faim pendant le voyage.

Grand-mère ne dit plus rien, elle s'approcha du lit où dormaient les enfants, les regarda un moment puis s'agenouilla. Jean, qui l'observait à travers ses cils, vit ses lèvres remuer comme pour prier. Alors, papa saisit le baluchon, aida grand-mère à se relever, et tous deux se dirigèrent vers la porte, suivis de maman, qui les accompagna sur le palier.

Lorsque maman fut revenue, elle se laissa tomber sur une chaise et resta longtemps pensive, sans bouger.

Quand Jean se réveilla pour la

seconde fois, Viki ne dormait déjà plus. Il se frottait les yeux et grimaçait en regardant autour de lui. Puis il ouvrit la bouche pour dire :

– Grand-mère est partie chez le chat.

Jean se rappela alors que le chat était resté dans l'ancien appartement, et il se dit que Viki était encore très bête.

Marie et Pucette devaient aller ce matin à l'église avec la voisine du premier. Maman était d'accord parce qu'elle avait déjà échangé quelques mots avec cette dame et lui avait même prêté sa bassine pour laver le linge. Viki avait aussi un programme : il irait rejoindre les petits du rez-de-chaussée. Ne sachant que faire, Jean alla s'asseoir avec Abou près de la fenêtre.

Aujourd'hui, tous les enfants avaient aux pieds des chaussures bien cirées et jouaient sagement, sans se rouler par terre. Jean reconnut dans la cour le grand garçon maigre et pauvrement vêtu qui aidait le concierge à balayer les trottoirs, puis cet autre, qui leur donnait toujours à lécher une espèce de grande sucette rouge qui sentait bon. Il aperçut également, dans un coin, cette fille qui ne jouait jamais avec personne mais qui restait tout près, à regarder les autres s'amuser. Ce n'était pas permis à tout le monde. Au début, Jean essaya bien de faire comme elle, jusqu'au jour où quelqu'un lui cria méchamment :

– Eh! tu te crois au théâtre ou quoi? Tu devrais aussi mettre une cravate, Monsieur l'Élégant, va!

Ils lui en voulaient sans doute d'être différent d'eux, mieux habillé, plus poli. Voilà pourquoi, au bout d'une semaine, Jean ne connaissait encore personne. Puisqu'ils s'étaient moqués de lui, il s'était juré de ne plus en aborder aucun le premier. Tant pis, ils l'auraient cherché! Malheureusement, ses bouderies n'avaient pas l'air d'impressionner les gars de la cour, qui continuaient à ignorer sa présence.

– Jean, aide-moi à éplucher les pommes de terre! dit tout à coup maman, mais d'une voix douce, comme celle d'un enfant qui demande quelque chose sans savoir s'il va l'obtenir.

Jean déposa Abou dans son berceau et prit un couteau. La pluche n'était pas son fort : il faisait de son mieux, mais les pommes de terre lui glissaient des mains; l'une d'elles roula même sous l'armoire.

Il était presque midi quand Marie rentra de l'église. Elle vint s'asseoir près de Jean et prit un air mystérieux :

– Tu ne devineras jamais ce que j'ai appris, dit-elle enfin, car elle ne savait pas si Jean voudrait bien l'écouter. Tu sais, cette Nathalie qui t'a parlé l'autre jour, eh bien, son père, c'est un « politique »! On l'a enfermé dans les oubliettes d'un château fort. Toute une armée était venue l'arrêter! Il y avait des soldats partout et un officier à cheval surveillait la maison; il avait l'ordre de tirer sur tous ceux qui bougeraient pendant que les autres allaient chercher son père. Ils lui ont mis des fers aux mains et aux pieds, un bandeau sur les yeux et un mouchoir dans la bouche pour qu'il ne puisse pas crier!

D'où Marie pouvait-elle savoir ce que Nathalie avait révélé à Jean en grand secret? Seulement, dans la bouche de Marie, toute cette histoire prenait des proportions invraisemblables. Comme d'habitude, elle l'avait « arrangée » à sa manière!

Le père de Nathalie avait été arrêté à la suite d'une perquisition au cours de laquelle on avait trouvé chez lui des papiers compromettants. C'était en effet une affaire politique. Mais personne ne lui avait jamais mis de fers aux pieds, ni de mouchoir dans la bouche!

C'est tout de même curieux ce goût qu'elle a pour inventer des histoires! A quoi bon mentir, quand on peut dire les choses simplement?

Jean détestait ces façons chez sa sœur.

Chapitre 5

Jean s'est trouvé enfin un ami.

Un jour, alors qu'il était assis avec Abou sur les marches de l'escalier, il entendit quelqu'un monter en sifflant.

« Tiens, un voyou! » se dit Jean, parce que maman lui disait toujours qu'il n'y avait que les voyous pour siffler de la sorte.

Un garçon, un paquet de livres sous le bras, s'arrêta à leur hauteur, essoufflé. Il posa ses livres sur le bord de la fenêtre, s'accroupit et leur adressa un sourire amical. Il était clair qu'il avait envie d'engager la conversation.

– Tu sais lire? demanda-t-il enfin.

– Évidemment, répondit Jean.
– Tu vois ce livre? Ça fait plus d'un mois que je lui cours après. Tu parles d'une chasse, mon vieux!

Jean le regarda, étonné : il lui était déjà arrivé de jouer à la chasse avec son cousin Marc, qui avait un fusil, mais c'était toujours le canard ou le lièvre qu'ils chassaient alors. De la chasse au livre, il n'en avait jamais entendu parler.
– C'est un roman historique, reprit le garçon, ça se passe au temps de Napoléon. Tu vois, il est en bon état, il ne manque aucune page. J'ai lu et relu tous les bouquins qui parlent de Napoléon. Et *Le Déluge*, je l'ai lu trois fois. Tu connais *Le Déluge*?
– Oui, répondit Jean, qui avait entendu parler du déluge à l'école : comment Noé avait construit son arche et comment la colombe lui avait apporté un rameau comme signe que la terre était redevenue sèche.

– Quant à celui-ci, continuait à lui expliquer le garçon, c'est un bouquin scientifique sur les étoiles. Je l'ai déjà lu une fois, mais je l'ai repris parce que la bibliothécaire ne veut pas me donner que des romans. Du reste, un roman, tu le dévores en une journée, et comme il faut attendre ensuite toute une semaine pour en avoir un autre... c'est la barbe! Mais toi, comment t'appelles-tu?

– Jean.

Il regardait avec un grand intérêt ce curieux garçon dévoreur de livres. Qu'est-ce qu'il entendait au juste par « dévorer » un livre? Et où est-ce qu'il allait le chasser?

– Tu n'es pas encore allé à la bibliothèque, n'est-ce pas? demanda le garçon. Dommage, si j'avais su, je t'aurais apporté un bulletin d'inscription. Enfin, c'est pas grave, tu peux aussi bien écrire ton nom et ton adresse sur une feuille blanche que tu feras signer par le gérant de l'immeuble. T'inquiète pas, je t'expli-

querai la marche à suivre. Tu vois des copains cet après-midi?
– Non, répondit Jean, embarrassé, car il ne comprenait pas très bien où l'autre voulait en venir.

Il avait très peur de passer pour un idiot aux yeux de son nouvel ami. A côté de lui, il savait si peu de choses! Il valait mieux ne pas trop parler pour ne pas se trahir.

Ils se donnèrent rendez-vous pour cinq heures. Jean ne savait pas encore bien lire l'heure, mais cela ne faisait rien, il se débrouillerait!

Ce fut une journée mémorable dans la vie de Jean.

Que de choses n'avait-il pas apprises de son nouveau copain!

Le plus étonnant dans l'histoire était que ce garçon fût au courant de tout sans même aller à l'école! Parce qu'il savait vraiment tout : quelle sorte de chapeau portait Napoléon, la manière dont il croisait les mains sur sa poitrine et

comment on pouvait reconnaître un général d'un simple officier; il savait qu'il existait des baobabs : des arbres tellement gigantesques qu'on pouvait habiter à l'intérieur de leur tronc comme dans une maison; qu'il y avait dans l'air de l'oxygène, sans lequel même une souris étouffe ou une sonnette ne rend plus aucun son; que si on ne se lavait pas les dents, on attrapait de minuscules vers qui s'appelaient des microbes; que le télégraphe, c'était une étincelle électrique...

– Tu veux une preuve?

– Oui, répondit Jean, car, bien qu'il crût tout ce que l'autre disait, il ne coûtait rien de s'en rendre compte par soi-même. Sait-on jamais?

Ils escaladèrent le mur et, une fois dans la rue, coururent coller l'oreille contre un poteau télégraphique.

– Tu vois tous ces fils?

– Je vois.

– C'est un télégraphe, non?

– Oui.
– Entends-tu un bourdonnement à l'intérieur?
– Oui, je l'entends.
– Eh bien, c'est parce que dans cette poutre il y a de l'électricité.

Chapitre 6

Chaque soir, assis sur le toit plat d'une réserve à charbon accolée au mur de la cour, Olek (tel était le prénom du garçon) enseignait à Jean tout ce qu'il savait, et Jean lui apprenait en échange ce qu'il avait étudié à l'école.

Lorsqu'ils lisaient à tour de rôle, tout allait bien. Mais les choses se gâtaient quand ils prenaient un cours de grammaire ou d'arithmétique, car Jean se rendait compte qu'il en savait encore peu lui-même.

– Le substantif répond à la question « qui » ou « quoi »; s'il s'agit d'un objet c'est « quoi », et s'il s'agit d'un être vivant c'est « qui », tu comprends? disait Jean.

– Alors, Napoléon est un substantif?

– Évidemment, puisqu'il est visible.

– Mais non, il ne l'est pas puisqu'il est mort.

– Bien sûr, mais tu peux le voir sur des images.

– Images ou pas, ce n'est plus un être vivant, alors il doit répondre à la question « quoi ».

Un peu agacé, Jean haussa les épaules.

– Prenons un mot comme « célébrité ». C'est aussi un substantif, non? Est-ce qu'elle est visible ou pas? Pourquoi répondrait-elle à la question « quoi » en étant une chose vivante?

– La célébrité est même immortelle, mais ce n'est pas un être vivant, donc elle ne peut répondre à la question « qui ».

Ayant affirmé cela, Jean resta à court d'arguments.

Olek l'agaçait à la fin, avec sa célébrité!

Il disait qu'il deviendrait un jour un grand général, il connaissait d'ailleurs un moyen très simple d'y parvenir : il suffisait de regarder le ciel quand il y avait des étoiles et, dès qu'on apercevait une étoile filante, il fallait vite faire un vœu. Si l'on disait : « Je veux être célèbre », cela se réalisait sûrement un jour. On pouvait dire aussi : « Je veux être riche », mais Olek ne tenait pas à l'argent.

– L'homme riche vit, vit, puis un jour meurt et c'est fini. La célébrité, c'est tout de même autre chose!

Ce dimanche-là, ils allèrent à la bibliothèque où ils attendirent leur tour pendant une heure. Jean comprit alors ce que la chasse au livre voulait dire.

A l'école, à part quelques rares élèves, personne ne lisait de livres et on n'en parlait jamais. Seulement lorsque le maître appelait quelqu'un au tableau.

Ici, à la bibliothèque, c'était tout le contraire.

– Tu as lu ce livre? Il est bien? De quoi ça parle?

– Je connais, c'est pas mal, un peu difficile peut-être.

– Qu'est-ce que tu vas prendre : une biographie, un roman, des poèmes?

Les garçons emportaient des livres pour leurs frères, leurs sœurs, et même pour les parents.

Olek connaissait tout le monde ici et il était connu de tout le monde. Il distribuait des conseils, aidait à faire un choix, déconseillait tel ou tel titre.

– Tu crois vraiment que la dame te laissera prendre trois romans? Et qu'est-ce qui resterait pour les autres?

– Ce livre-là, ne le prends pas, il y manque des pages à la fin. Un imbécile a dû les arracher. Oui, celui-ci est très drôle. Et ça, ça parle d'un voyage fantastique, tu peux l'emprunter pour ton père.

30
301

Tout seul, Jean n'aurait jamais su faire un choix.

Olek remit à la bibliothécaire la fiche de Jean avec le tampon du gérant.

– Je vous amène un nouveau lecteur, c'est un ami.

Intimidé, bousculé de tous côtés, Jean salua gauchement la dame.

Elle prit sa fiche et inscrivit son nom sur la liste des lecteurs.

– Tu as dix sous?

– Je ne les ai pas, madame.

– Alors, tu les apporteras la semaine prochaine.

– Bien, madame.

Sur le chemin du retour, Jean semblait préoccupé par quelque chose. Il demanda enfin à son ami :

– Et si ma mère refuse de me donner l'argent?

– C'est pas grave. Cette bibliothécaire est très gentille, tu verras. Il y a toujours moyen de s'arranger avec elle. C'est pas comme l'autre, pour qui il n'y a que le règlement qui compte. Celle-là, quelle peste! D'ailleurs, si tu es gêné, je pourrai te prêter ces quelques sous.

Olek travaillait déjà dans un magasin de gros spécialisé dans les fournitures de bureau et il touchait tous les mois un petit salaire.

– T'en fais pas, ajouta-t-il encore, je te trouverai aussi une place. Du reste, si on m'accepte comme employé dans la librairie, tu pourras me remplacer à l'entrepôt.

Ce soir-là, tout le monde à la maison était plongé dans la lecture. Papa, maman et Jean. Quant à Marie, elle montrait aux deux petits des images en inventant sur chacune d'elles une histoire.

– Faites bien attention de ne pas abîmer les livres, leur recommanda Jean.

Et cette soirée passa plus vite que les autres!

Chapitre 7

A présent, papa dormait le jour; chaque soir, il quittait la maison, pour ne rentrer qu'au petit matin. Il avait trouvé du travail dans une boulangerie, où il usait sa santé pour un salaire de misère. Maintenant, ce n'était pas tous les jours que Jean mangeait à sa faim.

Mais ça, pour rien au monde il ne l'aurait avoué à qui que ce soit. Pas même à maman, car c'est une honte que d'avoir faim.

Lorsqu'il voyait qu'il n'y avait pas beaucoup de pain sur la table, il se coupait de toutes petites tranches; et, quand maman servait la soupe, il arrêtait sa main en disant : « Assez! » malgré la bonne odeur qui faisait venir l'eau à la bouche. Souvent, trop souvent (et il en était furieux!), le souvenir des grosses tartines à la confiture le tourmentait à l'heure du goûter. Autrefois, maman se fâchait lorsqu'il en laissait. Pauvre maman! A présent, elle ne forçait plus personne à manger, pas même Viki!

Jean en souffrait, mais il faisait semblant de ne rien remarquer. Puis, un jour, alors qu'il ne s'y attendait pas du tout, il trouva un travail!

Dans la maison où ils habitaient, il y avait une épicerie tenue par un couple sans enfants. La patronne était une femme très grosse et son mari avait une jambe de bois. Aucun des deux ne savait ni lire, ni écrire, ni même compter.

Un jour, ils demandèrent à Jean de leur lire dans le journal un passage où il était question d'un crime qui avait eu lieu dans leur rue. Ils le complimentèrent sur sa lecture et, en guise de récompense, ils

lui donnèrent six bonbons. Aussitôt, Jean les distribua chez lui : Pucette et Viki, étant les plus jeunes de la famille, en eurent deux chacun, Marie en reçut un et, le sixième bonbon, Jean décida de le donner à la petite sourde-muette qui ne jouait jamais avec personne mais qui restait plantée là à regarder les autres s'amuser.

Plusieurs fois de suite, les épiciers le convoquèrent dans leur boutique; tantôt il s'agissait de leur faire la lecture à haute voix, tantôt de les aider dans leurs comptes. Puis, un dimanche, le couple se présenta à la maison. Ils venaient proposer aux parents d'employer leur fils comme comptable. Ils désiraient aussi, si les parents étaient d'accord, adopter la petite Abou, qui était déjà sevrée; ils n'avaient pas d'enfants et seraient heureux de l'avoir pour fille.

Jean avait toujours cru qu'il n'aimait pas sa petite sœur. Abou faisait des caprices et pleurnichait souvent. Elle était insupportable, ne comprenait rien et voulait toucher à tout. Dès qu'elle prenait un jouet, elle le faisait tomber ou elle le cassait.

Maman disait qu'il fallait lui céder parce qu'elle était encore petite et ne pouvait pas tout comprendre; les tout jeunes enfants avaient le droit d'être bébêtes. « Eh bien, pensait Jean, si elle est bête, qu'elle se tienne donc tranquille et cesse d'embêter tout le monde! » Ce qui l'énervait aussi, c'est qu'il lui fallait l'amuser, même lorsqu'il n'en avait pas du tout envie.

Pourtant, lorsqu'il entendit les épiciers proposer de prendre Abou pour toujours, il trouva cela monstrueux. Comment? ce monsieur avec une seule jambe deviendrait le père de sa petite sœur? Abou lui apparut tout à coup si précieuse que pour rien au monde il n'eût consenti à la donner à des étrangers.

– Maman, s'écria-t-il du fond du cœur, je travaillerai, tu verras! Olek m'a promis de me trouver une place... Non, non, maman, pas ça! Elle est si petite encore, elle ne pourrait pas vivre sans Viki, sans Pucette. Ce serait trop triste! Je... je lui céderai toutes mes pommes de terre..., s'il te plaît, maman!

Et, oubliant qu'il était déjà grand, Jean se mit à pleurer. Il pleura tant et tant qu'il dut se sauver dans la cour, et là, assis sur le toit de la réserve à charbon, il pleura encore et encore, sans pouvoir s'arrêter.

Pour quelle raison Dieu les punissait-il tant? Fini le café de papa, finie l'école, le chat les avait abandonnés, grand-mère était partie, papa se ruinait la santé, et maintenant... Oh! ma petite sœur, ma petite sœur...!

Heureusement, il avait un ami à qui il pouvait tout raconter.

Olek l'écouta et trouva le moyen de le consoler :

– Arrête de chialer, mon vieux! Ne sais-tu pas que les grands hommes ont toujours été malheureux?

Et il offrit à Jean une chaînette où pendait une petite breloque en forme de globe.

Chapitre 8

– Demain, je n'irai pas à « la boîte », déclara Olek.

C'est ainsi qu'il nommait l'entrepôt où il travaillait, et il disait « le vieux » en parlant de son patron. Un patron, même encore jeune, tout le monde l'appelle « le vieux », c'est la tradition qui veut ça.

Olek devait aller inscrire son petit frère à l'école maternelle de l'Assistance publique.

– Et toi, Jean? Toi aussi tu as deux mômes à la maison. Prends donc leurs certificats de naissance, on ira les inscrire tous les trois ensemble. Tu comprends? Non?

Olek savait déjà qu'il fallait toujours tout expliquer à Jean.

L'école maternelle de l'Assistance publique, c'était un établissement gratuit pour les tout-petits; les enfants de six à sept ans étaient déjà trop grands pour y aller : on ne pouvait pas y apprendre à lire. Les petits y dessinaient, chantaient, tressaient des paniers… On leur distribuait aussi du lait et, deux fois par an, ils recevaient des cadeaux : des tabliers ou des chaussures, avec, en plus, quelques gâteaux ou bonbons.

– Enfin, tu verras toi-même.

Quel garçon, tout de même, cet Olek! Comment faisait-il pour ne jamais être timide?

Le lendemain, ils arrivèrent à l'école de bonne heure. Olek entraîna aussitôt son ami dans la classe où il allait lui-même lorsqu'il était petit. Il lui montra sur les murs quelques images qui dataient de cette époque et dont il se souvenait encore. A côté, il y en avait d'autres, plus récentes sûrement, puisque Olek ne les connaissait pas. Il ouvrit ensuite la porte du fond, qui donnait sur une salle remplie de tables et de chaises bien plus grandes que celles de la première pièce.

– Regarde, dit-il, ici c'est l'atelier de couture et de broderie pour les filles, évidemment pas pour celles de la maternelle!

Une dame petite et mince venait d'entrer dans la salle et, quand elle reconnut Olek, elle n'eut pas l'air fâché.

– Tiens, Olek! Ça fait longtemps qu'on ne t'a pas vu ici! Que racontes-tu de beau?

– Je viens vous voir pour affaire, madame. C'est au sujet de mon petit frère. J'espère que vous pourrez m'aider. Et voici mon ami Jean, qui a aussi deux enfants en bas âge.

La dame eut un sourire en tendant sa main à Jean, une main dont il ne sut que faire. Mais Olek continua :

– Voilà l'acte de naissance de mon petit

frère et ceux du frère et de la sœur de mon ami.

La dame examina les documents, puis elle dit en rendant à Olek le certificat de Viki :

– Celui-ci est un peu jeune pour nous.

– J'en réponds, madame, dit Olek avec son audace habituelle. Tous les trois, c'est de la bonne marchandise, croyez-moi. Et vous feriez là une bonne affaire parce qu'on vous la céderait au prix de gros !

– Allons, allons, trêve de plaisanterie! fit la dame. C'est vraiment dommage qu'un garçon aussi intelligent que toi ne puisse pas s'empêcher de faire l'imbécile.

Olek rougit et ne sut que répondre. D'ailleurs, l'entretien était terminé, car deux mamans venaient d'arriver dans la salle. La dame congédia les deux garçons d'un geste.

Jean était gêné pour son ami. Il aimait beaucoup Olek, mais ses manières l'étonnaient parfois. Même à la bibliothèque, on avait été obligé de lui dire, l'autre jour,

que, s'il continuait à faire le pitre, il n'aurait plus jamais de livres. Olek, d'habitude si aimable et intelligent, avait quelquefois un comportement vraiment bizarre : il parlait, il parlait comme s'il voulait à tout prix se rendre ridicule.

– Tu vois, c'est malin, dit enfin Jean pour rompre un silence qui commençait à lui peser. Maintenant, cette dame est fâchée contre toi.

– Ça ne fait rien, nous nous raccommoderons, j'en ai l'habitude! répondit Olek d'une voix assurée. Dimanche prochain, je vais chez ma tante à la campagne. Il y a beaucoup de fleurs dans son jardin. J'en cueillerai, j'en ferai un beau bouquet auquel j'attacherai un petit mot écrit à l'encre d'or : « Pour me faire pardonner. » Qu'en penses-tu?

Il était de nouveau de bonne humeur et se remit à évoquer le temps où, petit garçon, il allait à cette maternelle où tout était gratuit.

– C'est vraiment une bonne école,

dit-il. Surtout si tu la compares à cette autre qui se trouve sur la place du marché. Celle-là, je ne la conseillerais pas à un chien! Pour un oui, pour un non, on te tape avec une règle sur les doigts! Berk, quelle sale boîte!

Jean eut l'impression qu'Olek était allé aussi dans cette autre école, mais qu'il n'avait pas dû y rester très longtemps.

Chapitre 9

Maman avait prédit que ça irait de plus en plus mal, et pourtant, à présent, les choses allaient plutôt mieux qu'au début. M. Vitold, de Prague, qui avait emprunté de l'argent à papa, l'avait remboursé et on avait vendu la commode, devenue inutile dans le nouvel appartement. Les enfants avaient droit de nouveau aux tartines beurrées pour leur goûter et même à la viande au repas de midi. La petite Abou était sauvée! Personne n'allait plus la leur prendre. Elle appartenait à la famille pour toujours. « Notre Abou », disaient les enfants avec fierté, et ils l'emmenaient avec eux dans la cour. Avant, ils ne voulaient pas la sortir parce qu'ils considéraient que promener un bébé c'était juste bon pour des vauriens qui n'avaient jamais mis les pieds dans une école mais pas pour eux.

Et puis, avant, Abou, c'était la petite fille à maman, alors que, maintenant, elle appartenait à eux tous. Le jour où Abou reçut ses premières petites chaussures, ils furent si contents qu'ils voulurent absolument lui faire eux aussi un cadeau : Jean lui offrit une tablette de vrai chocolat suisse (il ne pouvait pas prévoir que cela la ferait vomir trois fois!), Marie lui donna sa poupée (pas la grande mais l'autre, l'ancienne, parce qu'elle savait qu'Abou finirait par la casser). Quant à Pucette et Viki, ils étaient en train de préparer pour leur petite sœur une surprise : un objet mystérieux qu'ils confectionnaient à l'école maternelle (la dame avait finalement accepté Viki bien qu'il fût un peu jeune).

La journée de Jean était maintenant

bien remplie : le matin, il descendait chez les épiciers chercher le pain, le lait et du petit bois pour allumer le fourneau. Ensuite, il aidait maman à faire le ménage parce que, bien qu'il fût situé si haut, leur logement était loin d'être propre! Il consacrait le reste de sa matinée à donner des leçons à Marie, pour qu'elle n'oubliât pas ce qu'elle avait appris à l'école, puis à aider maman à préparer le repas de midi. Sans oublier la comptabilité à tenir chez les épiciers!

Quel dommage qu'il n'ait pu inscrire Marie aux cours de couture gratuits! S'il avait pensé l'autre jour à apporter son extrait de naissance, elle aurait pu apprendre à coudre! Maintenant, il était trop tard pour cette année.

Tous les après-midi, à quatre heures, Jean allait à la rédaction du journal, qui affichait dans le hall des offres d'emploi. Beaucoup de maisons demandaient un garçon de courses; il fallait se dépêcher pour être dans les premiers et, après avoir copié l'annonce, courir à l'adresse indiquée.

Jean ne connaissait pas très bien Varsovie. Il lui fallait souvent s'arrêter pour demander le chemin aux passants et, lorsqu'il arrivait enfin, c'était toujours pour s'entendre dire qu'il venait trop tard ou qu'il était trop jeune pour ce travail.

Le soir, maman lui demandait :

– Et alors?

– Toujours rien, répondait Jean, tout comme son père à l'époque où il cherchait un emploi.

Jean n'était pas le seul dans cette situation. Beaucoup de garçons et de filles, et d'adultes aussi, entouraient le panneau d'affichage dans le hall du journal. Et tous les jours, Jean y retrouvait les mêmes personnes, ce qui laissait supposer que, comme lui, ils n'avaient rien trouvé la veille. Parfois, le courrier arrivait en retard et il fallait attendre dehors, même sous la pluie; d'autres fois, il n'arrivait pas

à se placer tout près du panneau et, de loin, on ne pouvait pas lire de si petites lettres.

Un jour, alors que Jean pénétrait dans une cour à la recherche d'un atelier de tourneur qui avait besoin d'un garçon de courses, un chien se jeta sur lui et, bien qu'il ne l'eût mordu que légèrement, il lui déchira son pantalon.

La loi interdisait de laisser les chiens en liberté, surtout quand ils étaient méchants, et Jean avait le droit d'exiger du propriétaire de ce chien de lui rembourser son pantalon ou de lui en acheter un neuf. Mais il fallait avoir un témoin. Et le seul témoin de l'incident, le concierge, non seulement ne voulut pas l'aider, mais encore se mit à crier en l'insultant :

– Voyez-moi ça! Il cherche du travail! Ne chercherais-tu pas plutôt ce que tu n'as pas perdu? Allez, on vous connaît vous autres, bande de chenapans!

Chapitre 10

Le jour déclinait, on n'y voyait presque plus et Jean se dépêchait pour terminer le chapitre de son livre avant qu'il ne fît complètement nuit. Il lisait un passage où les Peaux-Rouges allaient brûler un voyageur. Ses compagnons arriveraient-ils à temps pour le sauver? Tout à coup, Jean sentit que quelqu'un le tirait par la manche :

– Qu'est-ce que c'est? cria-t-il, presque effrayé.

C'était Pucette.

Toujours sautillante et rieuse, elle se tenait maintenant devant lui toute triste, presque humble.

– Jean…
– Quoi?
– Tu ne te fâcheras pas contre moi, dis?
– Pourquoi, qu'est-ce qu'il y a?
– Parce que… mais tu ne le diras à personne?
– Non, à personne, vas-y!
– Parce que, tu vois, je… je suis une vilaine… parce que Viki est encore petit et bête… et… c'est… ce n'est pas sa faute si j'ai acheté des bonbons…

En entendant prononcer son nom, Viki sortit de derrière l'armoire où il jouait tranquillement et, s'étant approché à pas lents, il regarda, intrigué, Jean et Pucette.

– L'autre jour, j'en ai acheté pour deux sous, puis pour trois sous. Ensuite, j'ai… j'ai fait un pari et j'ai perdu encore deux sous.
– Mais comment as-tu trouvé tout cet argent?
– C'est que, justement… je voulais te dire

que... que je n'en avais pas... j'ai acheté... sans argent...

Jean comprit tout à coup : Pucette avait fait des dettes et maintenant elle était harcelée par ses créanciers, comme M. Vitold, l'ami de papa, qui devait de l'argent à tout le monde. Pucette n'était pas sérieuse, elle vivait au-dessus de ses moyens... Ces choses-là finissent toujours mal!

– Combien tu dois en tout?

– Trois sous à la maternelle et deux sous dans la cour, enfin... c'est ce qu'il y a de plus urgent.

Ce matin-là, Pucette n'était pas allée à l'école. Elle avait eu trop peur. La camarade à qui elle devait trois sous avait déclaré que si Pucette ne lui rendait pas son argent, elle irait tout raconter à la maîtresse. Et celle-ci la mettrait à la porte.

– Jean, mon petit frère chéri! Seulement, ne dis rien à maman! Je te promets de ne plus recommencer! Plus jamais!

Et, peu à peu, Pucette finit par lui raconter toute l'histoire.

Cela avait commencé par l'achat d'un bonbon à Josette : celle-ci en avait exigé un sou et Pucette avait accepté (elle n'aurait pas dû, parce que, pour un sou, on pouvait acheter quatre bonbons dans n'importe quelle boulangerie, mais passons!). Ensuite, comme Pucette n'avait pas de quoi rendre ce sou, elle avait fait un pari et elle l'avait perdu. Donc, cela faisait déjà deux sous qu'elle devait à Josette. Celle-ci avait exigé alors que Pucette lui apportât sa dînette : ainsi, elles seraient quittes. Pucette refusa. Après, Viki l'avait menacée de tout raconter à maman et elle avait été forcée de lui acheter une sucette pour qu'il se taise. Elle avait donc dû emprunter de nouveau à l'école, à une autre fille cette fois. Et elle ne savait plus comment s'en sortir. Si au moins elle avait goûté à la sucette! Elle avait déjà donné tout ce qu'elle possédait : un petit verre rose à

travers lequel tout paraissait rose, et l'image avec l'ange, et même ce petit chat en porcelaine à qui il manquait une patte... Elle n'avait plus rien.

A l'écouter, Jean ne regrettait plus d'avoir laissé tomber le voyageur du livre en danger de mort. Cette affaire était autrement importante! Il se sentit fautif. Si, au lieu de penser aux Indiens, il s'était occupé un peu plus de Pucette, il se serait sûrement aperçu que sa petite sœur avait bien changé depuis quelque temps : elle ne riait plus, n'avait plus envie d'aller à l'école, et on la voyait souvent fourrée dans un coin en train de chuchoter avec Viki. Maman lui avait pourtant recommandé de surveiller les deux petits, mais il avait autre chose à faire. Voilà le résultat!

Émù, Jean promit à Pucette de payer toutes ses dettes, à condition qu'elle n'en fît plus. C'était si agréable de la voir de nouveau sautillante et rieuse! Et de savoir que c'était grâce à lui, son frère.

Chapitre 11

Depuis quelque temps, maman disparaissait mystérieusement et ne revenait que le soir. Elle ne disait à personne la raison de ses longues absences. Mais Jean perça son secret : elle allait d'une boulangerie à l'autre, d'une pâtisserie à l'autre pour trouver une meilleure place pour papa. A l'occasion, elle demandait aussi si quelqu'un n'avait pas besoin des services d'un jeune garçon ou d'une fillette, autrement dit : de Jean ou de Marie.

Pauvre maman! Jean savait par expérience combien c'était pénible de s'entendre dire partout qu'on n'avait pas besoin de vous! Il n'était pas étonnant que maman ait été si énervée tous ces derniers jours. Lorsqu'on demande du travail, il y en a qui vous répondent poliment qu'ils ne peuvent rien pour vous, mais combien se montrent grossiers et vont jusqu'à vous mettre à la porte! On risque même de se faire mordre par un chien, Jean en savait quelque chose!

Finalement, maman ne s'était pas mal débrouillée : elle annonça un soir que papa aurait désormais un travail de jour et mieux payé parce qu'il s'agissait d'une maison où on le connaissait du temps où il n'était pas encore marié et père de famille. Maman allait travailler aussi : elle était engagée dans un atelier de fleurs artificielles. Quant à Jean, on était prêt à l'accepter dans une usine de savon, à condition qu'il s'y montrât très prudent en manipulant le pétrole, à cause du danger d'incendie.

– Nous ne mourrons pas de faim cet hiver, termina maman, toute contente.

Mais papa hocha la tête tristement :

– Ce n'est pas ainsi que je voyais les choses, dit-il, et il poussa un gros soupir.

– Écoute, Antoine, ne fais pas l'enfant! Sais-tu combien il nous reste de l'argent que Vitold t'a rendu? Même pas de quoi passer l'hiver. Nous verrons au printemps. Si, d'ici là, tu touches encore un peu d'argent, nous aurons le temps d'envisager d'autres solutions.

– Je sais, je sais..., mais pousser les enfants à travailler? Déjà, ils ne vont plus à l'école. Quel avenir auront-ils?

C'était la première fois que papa et maman parlaient de choses aussi graves en présence de Jean et de Marie. D'habitude, ils les envoyaient jouer dehors.

Ensuite, maman demanda à Jean d'aller lui chercher un crayon et du papier, et elle se mit à additionner le prix du charbon, de la nourriture et du loyer. Elle fit aussi une liste de vêtements qu'il fallait acheter. Comment penser à l'école? Même si celle-ci avait été gratuite, cela n'aurait pas résolu tous les problèmes. L'argent que Jean et Marie allaient gagner, on ne pouvait malheureusement pas s'en passer.

– Je ne te fais pas de reproches, Antoine, dit maman, mais, dans tout cela, il y a beaucoup de ta faute.

A ces mots, papa quitta brusquement la table, prit sa casquette et sortit sans dire un mot.

Ce soir-là, Jean eut beaucoup de mal à s'endormir. Allait-il devenir comme un de ces « voyous » qu'il côtoyait tous les jours en traînant dans la cour et dans la rue? Il n'allait plus à l'école et n'avait aucun espoir d'y retourner. Oui, mais il ne fumait quand même pas de cigarettes, ne disait pas de gros mots, ne s'accrochait pas à l'arrière des tramways ou des fiacres et, lorsqu'il croisait un de ces élèves qui portent fièrement leur cartable en se rendant à l'école, il ne se moquait jamais de lui! D'ailleurs, tous ces « voyous » qu'il rencontrait, s'ils étaient

devenus comme ça, ce n'était sûrement pas pour n'avoir jamais eu de cartable ni de ceinture à boucle argentée, mais parce que personne ne s'était jamais vraiment occupé d'eux, personne ne leur avait appris à distinguer le bien du mal. Ah! que tout cela était difficile!

Et Olek qui voulait devenir un grand commandant, un général célèbre! Comment y réussirait-il puisqu'il lui fallait déjà gagner sa vie?

Pendant que Jean réfléchissait de la sorte, une idée était née dans son esprit, qu'il décida de communiquer dès le lendemain à son ami Olek.

Chapitre 12

Le projet de Jean avait besoin d'une mise au point sérieuse et nécessitait toute une série de rencontres qu'Olek et lui durent étaler sur trois semaines, parce que Jean travaillait maintenant toute la journée à la fabrique de savon et ne pouvait voir son ami que le soir. Ils se donnaient rendez-vous, comme d'habitude, sur le toit de la réserve à charbon. Bientôt, Marie et Nathalie furent admises aux débats, puis Micheline, la sourde-muette, qui ne pouvait gêner personne.

Leurs réunions avaient pour objet la création d'une association avec un vrai statut, une devise et un chef, qui pouvait être une fille au cas où elle obtiendrait la majorité des voix.

Ainsi, au bout de plusieurs semaines de discussions animées, l'Union des chevaliers d'honneur vit le jour. Cela donnait comme abréviation : l'U.C.D.H. La devise de l'association était : « C » comme Célébrité!

Tout adhérent s'engageait sur l'honneur à :

1. Ne jamais mentir.
2. Ne pas maltraiter les animaux.
3. Ne pas fumer de cigarettes.
4. Ne pas taquiner les petits ni se moquer d'eux, mais au contraire les défendre et les aider chaque fois que cela serait nécessaire. Si, par exemple, un U.C.D.H. voyait dans la cour un enfant malheureux ou malade, il devait lui donner son bonbon ou son gâteau s'il en avait un, ou son jouet si les parents le lui permettaient.
5. Un U.C.D.H. devait s'instruire en empruntant les livres à la bibliothèque

et veiller à ne pas les abîmer. Il s'engageait à lire un livre scientifique par mois.

6. Un U.C.D.H. n'avait pas le droit de dire de gros mots ni de faire du chahut. Il lui était interdit également de voler ou de soutirer des cadeaux à plus bête que lui, même si ce n'était que pour rire.

7. Il devait veiller à la propreté de son corps et de ses vêtements. S'il ne savait pas coudre un bouton, il pouvait s'adresser à une fille U.C.D.H. pour qu'elle le lui apprenne.

Les réunions devaient avoir lieu tous les jours dans la cour. L'hiver, ce serait chez l'un d'eux à tour de rôle. Il était prévu une lecture à haute voix pour ceux qui ne savaient pas encore lire.

Le chef devait désigner chaque jour deux responsables chargés de veiller à l'ordre et à la propreté de la cour et de l'escalier.

Le responsable de la cour devait également veiller sur les plus petits et empêcher les bagarres. S'il n'arrivait pas à se débrouiller seul, il pouvait lancer un appel de chouette (ou de coucou) auquel tous les U.C.D.H. étaient censés répondre sur-le-champ. Cette charge était symbolisée par un bâton qu'il recevait des mains du chef de l'U.C.D.H.

Les fonctions du responsable de l'escalier étaient sensiblement les mêmes : veiller à l'ordre et à la sécurité de tout le monde. Ce qui supposait le devoir de ramasser tout ce qui risquait de blesser quelqu'un, tels les débris de verre, les noyaux, les pelures de fruits, etc.

Tous les U.C.D.H. s'engageaient à assister le concierge dans sa tâche pour maintenir l'immeuble propre.

Pour le moment, il n'y avait pas de cotisation de prévue : il fallait tout d'abord juger de l'efficacité de l'action de l'U.C.D.H.

Dans le cas où des parents battraient injustement un enfant, une délégation composés de deux U.C.D.H. se rendrait

chez eux pour leur expliquer qu'ils ne devaient plus le faire.

Chaque chevalier eut à prêter serment dans ces termes :

« Je... (nom et prénom) deviens membre de l'U.C.D.H. (Union des chevaliers d'honneur) et accepte pour devise : " C " comme l'immortel substantif Célébrité. Je m'engage à remplir tous mes devoirs et à dire toujours la vérité. Au cas où je commettrais quelque chose de blâmable, je suis prêt à subir la punition votée et décidée par l'ensemble du groupe. »

Il fallut recopier cinq fois les statuts de l'Union pour que chacun pût disposer d'un exemplaire : le premier fut pour Jean, le second pour Olek, le troisième pour Nathalie, le quatrième pour Marie et le cinquième, on le mit dans une bouteille et on l'enterra le soir au pied du poteau télégraphique derrière le mur de la cour.

Chapitre 13

L'hiver arriva. La cour et le toit de la réserve à charbon se couvrirent de neige, les jeux cessèrent, les paliers et les escaliers devinrent silencieux. Les enfants étaient condamnés à rester chez eux.

Viki ne pouvait plus aller à l'école maternelle parce qu'il n'avait pas de vêtements assez chauds. Jean eut les oreilles gelées : elles avaient enflé et lui faisaient très mal. Le matin, il faisait si froid à la maison qu'on pouvait voir la vapeur s'échapper de la bouche à chaque respiration. Papa et la petite Abou toussaient très fort et maman s'en inquiétait beaucoup. Mais que pouvait-elle faire? le charbon était de plus en plus cher.

L'anniversaire de Pucette était passé sans qu'elle eût rien reçu comme cadeau et on ne leur parlait même pas de l'arbre de Noël. Pourtant, les fêtes approchaient et deux caisses pleines de petites bougies rouges et bleues étaient déjà arrivées chez les épiciers d'en bas.

Les parents reçurent une lettre de la campagne leur annonçant que grand-mère était très malade. Est-ce que papa ne pourrait pas venir la voir?

Le soir, papa se rendit chez l'oncle et, lorsqu'il en revint, il parla beaucoup et très fort. Il dit qu'autrefois les hommes ne connaissaient pas le charbon et cela ne les empêchait pas de vivre; qu'on avait tort de se faire tant de soucis à cause des enfants, qu'il fallait penser d'abord à soi-même, et que la meilleure solution pour lui c'était encore d'aller vivre dans la forêt parmi les loups... Après tout, un loup, ça se laisse apprivoiser, et puis, quand il est rassasié, il n'empêche jamais un autre de calmer sa faim, tandis que l'homme... Puis il ajouta que, enfant, il se nourrissait, d'un dimanche à l'autre, de pain noir et d'eau, et il avait grandi, était allé faire son service dans l'armée où il avait même obtenu un grade; que l'eau-de-vie n'était pas une mauvaise chose du tout, ne mettait-elle pas de la lumière au cerveau comme une lampe électrique?

A l'écouter parler ainsi, Jean enfouit la tête sous la couverture : papa le faisait trop penser au grand frère de Bronek quand il était ivre.

Maman essaya de calmer papa :

– Parle plus bas, Antoine, tu vas réveiller les enfants!

Mais papa répondit qu'il lui plaisait de parler haut, qu'il était chez lui, que si cela gênait quelqu'un, celui-là n'avait qu'à déguerpir! Et, là-dessus, il jeta par terre la tasse de thé que maman venait de lui servir. Réveillés par le bruit, les deux petits se mirent à pleurer, mais papa continua à crier en disant qu'il ne voulait plus être papa, qu'il n'avait pas besoin de maman non plus, et qu'il partirait en Amérique.

– Et Jean, je l'emmènerai avec moi. Là-bas, il pourra devenir quelqu'un, tandis qu'ici il végétera toute sa vie et finira ivrogne!

Soudain épuisé, il posa la tête sur la table et ne dit plus un mot. Il tremblait seulement de tout son corps, comme s'il avait très froid. Maman s'approcha doucement et se mit à lui caresser les cheveux :

– Tais-toi, mon chéri, cesse de te rendre malade. Nous aurons encore besoin de toi pendant longtemps... Voyons, tout cela n'est pas encore si dramatique... il n'y a que l'hiver à passer... ensuite tout ira mieux, tu verras...

Et elle lui expliqua qu'ils n'étaient pas les seuls à souffrir ainsi, que, tout autour, les gens avaient du mal à joindre les deux bouts. Les voisins d'à côté n'avaient pas

encore payé leur loyer et le propriétaire menaçait de les jeter à la rue.

– Et chez le chauffeur de taxi, qui est malade, ils sont dans une telle misère qu'ils sont venus hier m'emprunter quelques sous.

– Et tu leur en as prêté?

– Que pouvais-je faire d'autre?

Papa eut l'air content.

– Tu vois, dit-il, tu me faisais des reproches et tu finis par faire la même chose que moi. Tu as raison, on ne refuse pas son aide à quelqu'un qui se trouve dans le besoin.

Et papa embrassa la main de maman pour la remercier d'avoir prêté de l'argent au chauffeur de taxi.

A ce moment, Jean, qui avait tout entendu, pensa qu'il serait bon que papa adhère à l'Union des chevaliers d'honneur. Il pourrait même en devenir le chef, ce qui mettrait fin aux discussions et aux disputes : à un adulte, ils obéiraient tous peut-être plus facilement... Il faudrait seulement ajouter une clause au statut comme quoi il était absolument défendu de boire de l'alcool. Et, par la même occasion, une autre encore : interdiction de colporter des potins. Parce que c'est à cause des potins que Nathalie les avait quittés : elle avait appris que l'on disait de son père qu'il était en prison pour bien autre chose que la politique.

Jean regrettait beaucoup le départ de Nathalie de l'U.C.D.H., où elle était respectée et écoutée, même des garçons.

Chapitre 14

Les chevaliers d'honneur se réunissaient six fois par semaine pour la lecture à haute voix :

Lundi – chez le père de Joseph, qui travaillait à l'usine comme serrurier; mardi – chez les parents d'Olek; mercredi – dans l'appartement de Jean; jeudi – chez les épiciers, où Jean tenait la comptabilité; vendredi – chez leur voisin le cheminot; samedi – chez la maman de Micheline, la petite sourde-muette.

Chez les épiciers, on leur offrait du thé et des tartines de fromage. Parfois, quand la lecture finissait assez tôt, on faisait encore une partie de dominos.

Les rencontres devinrent plus animées du jour où ils décidèrent de monter un spectacle suivi d'une tombola. Le spectacle était prévu pour le mois de février et il serait payant. Le prix des places fut fixé à dix sous pour les adultes et à quatre sous pour les enfants. Les billets de tombola coûteraient deux sous.

Les lots les plus importants étaient : une breloque en forme de globe montée sur une chaînette, un service de poupée, un petit canif à deux lames, une savonnette qui sentait bon, un oignon de jacinthe, un gâteau à la crème, des petits cadres pour photos tressés avec des bandes de papier multicolores et un poisson rouge dans un bocal.

La plupart de ces lots venaient d'une collecte organisée parmi les membres de l'U.C.D.H. Tous les autres leur avaient été offerts par des adultes, parents ou amis, dont les patrons des entreprises où travaillaient Olek et Jean. Seul le poisson rouge avait été acheté, pour constituer un lot vivant comme cela se fait dans toutes les tombolas, où l'on voit toujours une génisse, un poney ou quelque autre animal.

Comme spectacle, ils avaient prévu un drame napoléonien qu'Olek et Marie devaient écrire ensemble. Olek connaissait bien l'histoire de Napoléon; quant à Marie, elle avait un don littéraire certain, telle était en tout cas l'opinion d'Olek. Jean savait à présent que cette manière bizarre de raconter, qui consiste à inventer des détails n'ayant rien à voir avec la réalité, c'était de l'imagination et que cela s'appelait le talent.

Une chose très ennuyeuse quand on répète une pièce de théâtre, c'est le problème des acteurs qui se vexent : il suffit que l'un d'eux prenne la mouche et déjà tout est fichu.

Au début, ils étaient tous d'accord pour confier à Olek le rôle de Napoléon. Mais, au bout de deux ou trois répétitions, il y eut déjà quelques mécontents

qui lui reprochaient de parler tout le temps pendant que les autres acteurs restaient à ne rien faire.
– Je vaincrai le monde! criait Napoléon. Je vaincrai l'Europe! l'Asie! l'Afrique et l'Amérique! Et l'Australie! Regardez, mes fidèles compagnons! Regardez donc cette petite boule suspendue à ma chaînette : c'est notre Terre avec tous les continents dont je me rendrai bientôt le maître absolu. Demain, tous les peuples m'obéiront et je serai célèbre!
– Napoléon, et qu'adviendra-t-il de nous? demandait le général Dombrowski.
– N'ayez crainte, général, pas un seul cheveu ne tombera de votre tête qui est celle du chef bien-aimé de l'héroïque nation polonaise!

Jules trouvait que Napoléon, en tant qu'empereur des Français, ne pouvait pas parler le polonais sur scène. Pauvre garçon! Il n'avait jamais dû mettre les pieds dans un théâtre pour raconter des bêtises pareilles! Olek y était déjà allé cinq fois et il savait de quoi il parlait.

Finalement, à cause de toutes ces histoires, on renonça au drame napoléonien et on le remplaça par un spectacle de variétés. Tout fut très bien quand même. Le jour de la fête, on avait apporté un vieux phonographe et plusieurs numéros se succédèrent, composés de récitations, de danses et de chants. Tout le monde fut très applaudi, surtout le frère de Bronek pour ses imitations de cris d'animaux et d'oiseaux de toutes sortes.

La tombola eut beaucoup de succès également. L'ambiance fut très bonne, l'humeur joyeuse, et tout le monde s'amusa beaucoup pendant le tirage de la tombola, qui causa plus d'une surprise. Le gâteau à la crème, par exemple, fut gagné par un vieux monsieur très sérieux et le poisson rouge par un couple sans enfants.

Nathalie, réconciliée depuis quelque temps avec l'U.C.D.H., fut également de la fête; elle chanta même hors programme et fut très applaudie. Mais la plus heureuse de tous fut la petite sourde-muette, Micheline. Il fallait voir ses yeux quand on lui expliqua que tout l'argent de la tombola lui était destiné! Les U.C.D.H. avaient en effet décidé de lui acheter un manteau, car la pauvre gosse ne pouvait plus mettre le nez dehors, faute d'un vêtement chaud.

Pour Pucette et Viki, ce fut aussi une très belle journée. Et le frère de Bronek les impressionna beaucoup en imitant si bien le chant du vieux puis du jeune coq, le gloussement d'un dindon en colère, la conversation entre un chien et un chat, le caquetage d'une poule qui vient de pondre un œuf et les pleurs d'un chiot puni pour avoir fait pipi par terre. Tout au long de son numéro, ils n'arrêtèrent pas de rire, de crier de peur et d'applaudir.

Cette journée, Jean la garda longtemps, très longtemps dans sa mémoire. Il s'en

souvint bien des années après la mort de Viki et de Pucette, qui allait bientôt frapper la famille. Elle serait suivie du départ d'Olek pour une autre ville. Et chaque fois que leur souvenir revint à la mémoire de Jean, c'est toujours tels qu'ils furent lors de cette fête.

Chapitre 15

Un soir, Jean rentra chez lui beaucoup plus fatigué que d'habitude. Il ne put rien avaler, but seulement une tasse de thé chaud et se coucha aussitôt. Il avait envie de s'endormir au plus vite parce qu'il ne se sentait pas bien du tout et qu'il avait très froid. Mais il eut beau se tourner et se retourner dans son lit, le sommeil ne venait toujours pas. Et il ne savait plus si c'était à cause du thé, qui était un peu fort, ou à cause de la gorge qui lui faisait de plus en plus mal. Il souffrit ainsi jusqu'à minuit, puis, n'y tenant plus, il appela :

– Maman!

Mais maman ne répondit pas. Il resta un moment à essayer de s'endormir, en vain.

– Mamaaan!

– Quoi?

– Je ne peux pas dormir...

– Fais un signe de croix, répondit maman d'une voix ensommeillée.

Jean fit de nouveaux efforts pour trouver le sommeil mais le mal de gorge devenait insupportable. Alarmée par ses gémissements, maman alluma la lampe, s'approcha de son lit et ne le quitta plus jusqu'au matin.

Le matin, Jean fut réveillé par les pleurs de Viki. Son petit frère se plaignait aussi de la gorge. Les voix des parents lui parvenaient comme de très loin. Il se dit qu'il était temps d'aller au travail mais il n'eut pas la force de se lever. Du reste, tout lui était égal... Et puis elle était si sale, cette fabrique de savon, elle sentait si mauvais... C'était vraiment trop écœurant! Olek, lui, avait bien de la chance de pouvoir travailler dans un entrepôt de papier!

Plusieurs heures passèrent ainsi, puis, vers midi, un monsieur inconnu vint les voir. C'était le docteur. Il examina Viki, puis Jean, et cela dura longtemps. Ensuite, maman se mit à pleurer et le docteur se fâcha contre elle. Quand papa fut revenu, on les habilla puis on les porta, chacun enveloppé dans une couverture chaude, jusqu'à un fiacre qui attendait déjà devant la maison.

– Où allons-nous? demanda Jean.

– A l'hôpital.

– Pour quoi faire?

– Ne parle pas, il fait froid, dit maman, et elle couvrit la tête de Jean d'un fichu de laine.

Assis à côté de Viki sur la banquette, derrière le dos du cocher, Jean regardait maman et papa qui se tenaient en face d'eux, sur le siège du fond. Ils arrivèrent ainsi devant une grande maison aux fenêtres grillagées.

Ensuite, tout alla très vite. Un monsieur en blouse blanche lui enfonça dans la gorge un instrument métallique et Jean vit que ce n'était pas une cuillère. Il fut transporté ensuite dans une baignoire et confié aux soins d'une dame tout en blanc qui le lava puis l'emmena dans une grande salle. Il y avait là beaucoup de lits serrés les uns contre les autres, et dans chaque lit se trouvait un enfant malade. Quelqu'un pleurait très fort et Jean reconnut la voix de son frère.

– Silence, là-bas! cria le voisin de Jean.

« S'il se montre méchant avec Viki, il aura affaire à moi », se promit Jean, mais l'autre ne dit plus rien.

Les jours suivants, à chaque fois qu'il se réveillait, le premier regard de Jean allait vers le lit de Viki. Il y avait toujours quelqu'un à son chevet : tantôt un monsieur en blouse blanche, tantôt une dame qui portait une grande coiffe dont les ailes remuaient à chaque mouvement de sa tête. En les regardant s'affairer au-

tour de son frère, Jean avait très peur.

Un soir, Jean se réveilla avec le sentiment d'aller beaucoup mieux; seule la gorge lui faisait encore mal et il avait très soif. Il s'assit sur son lit et regarda Viki. Son petit frère avait les yeux fermés et, à le voir si calme et si pâle, Jean eut le cœur serré. Il se rappela la petite bouteille qui sentait bon l'eau de Cologne qu'il avait refusé un jour de lui prêter. Il en ressentit une grande peine et eut envie de dire quelque chose de gentil à son petit frère.

– Viki, tu m'entends?

– Ne lui parle pas, il est inconscient, lui dit la dame à la coiffe blanche.

Jean se recoucha et dormit toute la nuit sans se réveiller une seule fois. Le matin, il entendit son voisin l'appeler :

– Hé! toi! Regarde, ton frère n'est plus là!

Jean eut très peur. A ce moment, l'aide-infirmier entra avec des thermomètres.

– S'il vous plaît, monsieur, où est Viki?

– Tes parents l'ont emmené ce matin.

– Et moi, quand viendront-ils me chercher?

– Toi, tu es grand, tu ne t'ennuies pas de ta maman.

Jean soupira, lui aussi aurait préféré être chez lui! Sa gorge ne lui faisait presque plus mal.

Chapitre 16

Jean était complètement guéri. La peau de ses mains et de ses pieds s'en allait maintenant par plaques entières et il en arrachait lui-même des morceaux pour rentrer plus vite à la maison. Il avait déjà droit à deux petits pains pour son petit déjeuner.

Dimanche, papa vint le voir sans maman. Maman ne pouvait pas venir car Pucette était malade à son tour. Mais la semaine prochaine, Jean serait déjà à la maison, c'est le docteur qui l'avait dit à papa.

– Tu es bien, ici?

– Oui, mais je m'ennuie beaucoup.

C'est pas gai d'être ici quand on n'est plus malade. Hier, on a opéré un garçon, celui qui est couché face à la fenêtre. On lui a ouvert un abcès. Il dit qu'il n'a pas souffert parce qu'on lui a donné des gouttes qui font dormir. Et l'autre, celui du troisième lit à droite de la porte, c'est le seul qui ne veut pas rentrer chez lui. Il nous a raconté que son père le battait et qu'il aimait mieux l'hôpital parce qu'il y mangeait de la viande tous les jours et qu'il dormait dans un lit propre. Dis, papa, c'est vrai que Viki est à la maison? Et pourquoi vous êtes venus le chercher la nuit et pas aux heures des visites, comme tout le monde? Parce qu'il était inconscient? Est-ce qu'il s'agite encore comme il le faisait ici?

Mais, au lieu de répondre aux questions de Jean, papa l'interrogea à son tour, et bientôt la visite fut terminée.

C'est avec une grande impatience que Jean attendit le dimanche, qui était son jour de sortie.

Enfin!

L'escalier lui parut interminable, mais il fut heureux de pouvoir le monter tout seul. A la porte, Marie et Abou l'attendaient déjà :

– Jean! Tu sais que Puce est malade?

Il courut vers le lit de sa petite sœur et faillit ne pas la reconnaître : avec sa tête bandée, toute calme, les yeux fermés, elle ressemblait à une étrange poupée déguisée en malade.

– Pucette!

Elle bougea la tête et gémit doucement.

– C'est toi, Jean?

– Oui, j'arrive de l'hôpital.

– Et Viki, quand rentrera-t-il?

Étonné, Jean regarda maman et il comprit. Il revit le jour où il apprit que la petite Abou devait s'en aller pour toujours chez les épiciers qui n'avaient pas d'enfants. Seulement, pour Viki, il n'y avait plus d'espoir.

Pendant trois longues journées, Pucette

resta ainsi, immobile dans son lit, sans parler, sans boire, sans manger. Elle gémissait seulement tout doucement, même pendant son sommeil.

Au quatrième jour, lorsque Jean rentra à midi pour déjeuner, il trouva la maison bien silencieuse. Maman dormait assise sur une chaise. « Ça doit être d'épuisement », pensa Jean; tout à coup, il entendit une toute petite voix l'appeler :

– Jean...

– Pucette?

– Dis, tu connais Hélène?

– La sœur de Charles?

– Oui, elle... Je... je lui dois deux sous... Tu les lui rendras... quand je mourrai, d'accord? Et ne sois pas fâché contre moi...

Elle parlait avec beaucoup de difficultés parce que ses lèvres étaient couvertes de grandes croûtes toutes noires qui lui faisaient très mal. Il fallait lui appliquer tout le temps des morceaux de coton trempés dans l'eau froide.

– Jean, tu peux dire à maman de ne plus me faire... des pansements?... ils me font tellement mal... tellement mal!

Maman lui en fit pourtant encore un, mais ce fut le dernier. Elle n'eut plus jamais besoin de pansements...

Jean n'a pas voulu attendre sa paie du mois pour aller voir Hélène. Il emprunta six sous à Olek, alla trouver la camarade de Puce et lui dit:

– Pucette te devait deux sous?

– Oui, répondit Hélène, et elle eut l'air gênée.

– Les voilà, dit-il en lui tendant la pièce de six sous. Et tu peux garder le reste.

Hélène refusa d'abord de prendre plus que son dû mais finit par accepter lorsque Jean lui suggéra de donner les quatre sous à un pauvre et de lui dire de faire une prière pour le repos des âmes de Puce et de Viki.

Quant à Marie, elle composa le poème que voici :

Ne pleurez pas,
Petite maman, petit papa,
Votre Puce a maintenant
Des ailes blanches,
Elle est au ciel,
Et auprès d'elle
Il y a Viki, votre petit garçon;
Les anges leur chantent
Des chansons
Qui sont claires et joyeuses
Comme eux
Et tous les deux vous disent adieu
Et ils saluent le printemps
Et ils saluent le Soleil.

Chapitre 17

– Tu veux devenir célèbre, n'est-ce pas? demanda un jour Olek à son ami Jean.

– Oui, répondit Jean sans la moindre hésitation.

– Veux-tu devenir comme moi un grand commandant?

– Je ne crois pas, dit Jean.

– A des questions aussi importantes, on répond par un oui ou par un non, s'indigna Olek.

Jean lui avoua alors franchement que son plus cher désir était de devenir un grand médecin. Il y pensait sans cesse depuis la mort de Viki et de Pucette, tout en sachant bien sûr que ce n'était pas possible.

Que ce n'était pas possible? Et pourquoi donc? Est-ce qu'il ne lui était jamais arrivé de lire la biographie d'un autodidacte célèbre? Tout est toujours possible, disait Olek, il s'agit seulement de le vouloir vraiment et de savoir s'y prendre. Pour devenir médecin, Jean devrait tout d'abord finir l'école. C'était quand même moins difficile que de se procurer une armée! Olek, qui voulait être général, avait un problème en plus à résoudre.

– Comment veux-tu que je finisse l'école si je n'y vais même pas?

– Eh bien, tu iras! Moi aussi, d'ailleurs, car il faut savoir beaucoup de choses quand on s'apprête à commander des hommes.

Il était sûr de lui car il venait de dénicher une école où on n'allait que le dimanche, ce qui permettait de travailler dans la semaine. L'inscription y était gratuite, du moment qu'elle était faite à la demande du patron de la boîte où l'on travaillait. Mais ce n'était qu'une simple formalité.

– Tu comprends, dit Olek, moi, je fais tout avec stratégie. Une école, c'est comme une forteresse. Ça se prend d'assaut ! J'ai déjà fait la reconnaissance du terrain. Demain, on passe à l'attaque !

Le lendemain, à l'heure du déjeuner, ils se retrouvèrent devant l'entrepôt où Olek était employé. Son patron lui avait promis de l'inscrire à l'école du dimanche.

- Salut, Jean! Tu es prêt? On y va, alors! Et n'oublie pas : la tête haute, le buste en avant! C'est pas le moment de jouer les timides.

Pour rien au monde Jean n'y serait allé tout seul. Avec Olek, tout paraissait si facile!

– Nous venons voir le patron, dit Olek au commis du magasin. C'est personnel, une affaire qui ne souffre aucun délai.

– Une affaire qui ne souffre aucun délai?

s'étonna le commis, mais il quitta son comptoir pour les annoncer au patron.

Un instant plus tard, Jean et Olek étaient introduits dans un bureau où deux messieurs, un jeune et un vieux, se tenaient assis.

– Que puis-je pour vous, mes garçons? demanda le plus jeune des deux.

– Nous sommes venus vous demander de nous inscrire à l'école du dimanche; moi, je travaille chez vous, et lui, mon ami, est employé dans une fabrique de savon, dit Olek sans se départir de son assurance.

– Alors, pour quelle raison êtes-vous venus vers moi tous les deux?

– Pour cette raison que vous faites partie du syndicat des commerçants, monsieur, et comme vous m'aviez déjà promis...

– Oui, d'accord, mais je ne peux inscrire que les garçons qui travaillent chez moi.

– Nous avons pensé que vous accepteriez aussi pour mon ami, puisque ce n'est

qu'une simple formalité, répondit Olek, toujours sans la moindre gêne.

A ce moment, l'autre monsieur, celui qui était déjà âgé, mit ses lunettes, regarda Olek, puis lui demanda brusquement :

– Une simple formalité? Qu'entends-tu par là, mon garçon?

– Oh! c'est un truc tout bête : un bout de papier qui nous permettrait de suivre les cours du dimanche, parce que nous voulons devenir, moi, général, et mon ami, docteur.

En entendant les paroles de son ami, Jean voulut rentrer sous terre. Comment peut-on dévoiler à un étranger des choses aussi intimes?

– C'est bon, je vous y inscrirai, dit le monsieur aux cheveux gris. Passez chez moi demain matin avant d'aller au travail.

Olek sortit de sa poche un calepin et le vieux monsieur lui dicta son nom et son adresse.

En sortant, Olek se retourna et dit, un peu fort peut-être :

– Merci, messieurs, et avec nos respects.

Une fois dans la rue, il poussa un profond soupir et annonça :

– Première victoire! Demain, nous livrerons notre seconde bataille.

– Ne compte pas sur moi pour t'accompagner, prévint Jean.

– Comme tu voudras. Je me débrouillerai seul. Je dirai au vieux que tu es un timide.

Chapitre 18

Olek, Jean et Marie ne se voyaient plus beaucoup dans la semaine. Leurs journées étaient prises par le travail et, le soir, il fallait étudier la grammaire et l'arithmétique pour préparer l'examen d'entrée à l'école du dimanche. Ils se retrouvaient parfois après le dîner, mais pas très longtemps pour ne pas se coucher trop tard. Les dimanches, par contre, ils les passaient toujours ensemble. Ils faisaient alors de longues promenades, en se rendant de préférence sur les berges de la Vistule ou encore au jardin botanique, où, en dehors des plantes, on pouvait admirer des squelettes d'animaux préhistoriques.

Une fois, ils allèrent jusqu'au cimetière pour retrouver les tombes de Puce et de Viki. Ils durent chercher longtemps parce qu'il y avait beaucoup de croix, et, lorsqu'ils rentrèrent à la maison, il était si tard qu'ils se firent attraper par les parents.

Certains dimanches, Nathalie venait se joindre à eux, et, parfois, le fils du gérant ou Micheline, la sourde-muette.

Ils s'attachaient de plus en plus à cette petite fille silencieuse et arrivaient à comprendre déjà beaucoup de ses gestes et de sa mimique. Nathalie, elle, commençait à les agacer sérieusement à force de vouloir en imposer à tout le monde avec son père détenu politique. Quant au fils du gérant, ils le supportaient à peine parce qu'il ne faisait que se vanter. Il était pire que leur cousin Marc! Son père allait lui acheter ceci, son oncle lui avait promis cela! Il n'arrêtait pas de leur parler de la propriété de son oncle où il avait une bicyclette et un poney qu'il pouvait monter tous les jours. Depuis quelque temps,

son sujet préféré était la montre qu'il allait recevoir pour son anniversaire. En l'écoutant parler, Jean ne pouvait pas s'empêcher de penser à son père qui avait dû mettre sa montre « au clou ». Pauvre papa, lui qui en était si fier! Et son alliance était gagée, elle aussi.

Un jour, le fils du gérant les invita tous à jouer chez lui. A peine arrivés, on leur recommanda de ne pas oublier de bien s'essuyer les pieds pour ne pas salir le parquet et de ne pas s'appuyer contre le mur à cause du papier peint qui venait d'être posé. Si, malgré cet affront, ils restèrent encore copains avec lui, ce fut bien à cause de l'examen. Parce que le fils du gérant était fort en maths et, sans son aide, ils ne seraient jamais arrivés à résoudre certains problèmes. Cela devait le flatter de savoir qu'on avait besoin de lui, mais il se faisait toujours beaucoup prier et leur faisait sentir qu'il n'avait pas beaucoup de temps. Quelquefois, il refusait carrément en disant qu'il n'en avait pas envie et que ce serait pour la prochaine fois.

– Patience, disait alors Olek, qu'on gagne seulement notre dernière bataille et on n'aura plus besoin de lui!

La dernière bataille, c'était l'examen, qu'ils comptaient tous présenter à l'automne.

Aucun d'eux ne savait encore qu'il leur faudrait se séparer bientôt. Le jour où Olek leur annonça qu'à partir de juillet il allait habiter dans une autre ville, où son père avait accepté un travail mieux payé, ils furent tous atterrés.

Leur dernière rencontre à trois eut lieu, comme aux premiers jours de leur amitié, sur le toit plat de la réserve à charbon. Ils regardèrent le ciel pendant un long moment et, lorsqu'ils aperçurent une étoile filante, ils prononcèrent ensemble un même vœu :

« Nous voulons être célèbres. »

Car Marie voulait devenir célèbre, elle aussi. Elle écrirait des poèmes qui étonneraient tout le monde et que les enfants apprendraient par cœur dans les écoles.

Au moment des adieux, Olek parut très grave. Il demanda à Jean d'aller faire quelques pas avec lui dans la rue parce qu'il avait à lui parler.

– Jean, tu te souviens de cette petite breloque en forme de globe?

– Oui, je m'en souviens.

– Eh bien, il faut que tu saches que je l'ai prise à mon travail. Personne n'en avait jamais rien su. Ce n'est qu'aujourd'hui, au moment de prendre congé, que je l'ai avoué à mon patron. Je lui ai expliqué que c'était plus fort que moi, que j'en avais terriblement envie... et qu'il n'était plus possible de la restituer ensuite parce que je l'avais donnée pour une tombola dont la recette était allée entièrement à l'achat du manteau de Micheline... Je lui ai dit qu'il pouvait me la retenir sur ma paie, mais il n'a pas voulu en entendre parler et il m'a tendu la main. Quel brave homme, tu te rends compte? Il voulait même m'offrir un porte-monnaie, mais j'ai refusé. Alors, après tout ça, je n'osais plus lui parler de toi, enfin, je veux dire, te recommander pour le travail. Tu ne m'en veux pas, Jean? Je sais que c'est méprisable de ma part parce que je te l'avais promis... et que...

Olek s'arrêta un instant, puis reprit d'une voix émue :

– Il faut que je te dise encore quelque chose de très important, mais ne le répète surtout pas à Marie. Je préfère le lui dire moi-même. Parce que, tu vois, j'aime ta sœur et lui serai toujours fidèle. On va être séparés quelque temps, mais ça ne fait rien. Un jour, quand je serai grand et que je gagnerai ma vie, je reviendrai me marier avec elle. A moins que ça ne te déplaise de m'avoir pour beau-frère.

Jean fut un peu étonné par ce qu'il venait d'entendre. L'idée de vouloir épouser Marie lui paraissait plutôt bizarre, mais si Olek l'aimait et si les parents étaient d'accord, alors, soit, qu'il se marie avec elle!

Olek l'assura de sa grande reconnaissance et promit d'écrire souvent pour leur donner de ses nouvelles.

Chapitre 19

Et de nouveau ce fut l'hiver.

Et de nouveau maman disait qu'en été les choses iraient mieux, qu'il suffisait d'avoir un peu de patience.

En attendant, ils réfléchissaient et cherchaient de nouvelles solutions. Papa envoya sa candidature à l'administration des tramways pour un poste de conducteur. Il écrivit aussi à une banque qui cherchait un gardien de nuit. Il était prêt à accepter n'importe quel emploi et passait son temps à répondre à toutes sortes d'annonces. Une fois, même, il envisagea de partir à la campagne comme régisseur dans quelque exploitation agricole. Mais, comme tous les autres, ce projet échoua et, malgré l'argent dépensé au bureau de placement, papa n'avait toujours rien trouvé. Il finit par penser qu'il était trop vieux pour espérer quelque chose de mieux que son maigre salaire d'ouvrier boulanger. C'était à croire que, plus durement on travaillait, moins on était payé.

Papa continua donc de se rendre tous les jours à sa boulangerie et Jean à son usine de savon. Seule Marie avait changé de place : au lieu d'aller à l'atelier de fleurs artificielles, elle faisait son apprentissage chez une corsetière parce que ce métier était plus rentable, leur avait-on dit.

L'hiver fut dur pour tout le monde; le charbon avait encore augmenté et beaucoup de gens souffraient du froid et de la faim. Jean commençait à croire que c'était là une chose naturelle et qu'il en serait toujours ainsi.

Quant à Olek, il avait tenu sa parole : deux lettres de lui étaient déjà arrivées. Dans la première, il demandait à Jean les résultats de son examen et voulait savoir s'il suivait déjà quelques cours à l'école du dimanche.

Eh bien, non, justement, Jean avait tout raté. La grande bataille était perdue! Il était arrivé à l'écrit sans papier et sans stylo, il ne savait pas qu'il fallait en apporter, personne ne le lui avait dit. La dictée avait commencé et lui était resté là comme un idiot sans savoir quoi faire.

– Hé! toi! Tu comptes écrire ta dictée avec le nez sur la table? lui cria quelqu'un dans la salle.

Un des examinateurs s'était approché de lui pour lui remettre une feuille de papier et un stylo. Il avait l'air fâché, tout le monde attendait... alors Jean se mit à écrire vite, vite... et finit par faire énormément de fautes.

Il avait été recalé.

Dans sa seconde lettre, Olek disait qu'il s'ennuyait beaucoup d'eux tous, qu'il avait envie de revenir à Varsovie parce que même la bibliothèque de Lodz avait l'air bizarre. Il continuait cependant à tâter le terrain, conformément aux règles de la stratégie militaire.

« As-tu déjà parlé à Marie? Est-elle d'accord? »

Il désirait donc que Jean mette sa sœur au courant? Celle-ci lui avait d'ailleurs souvent demandé de quoi Olek l'avait entretenu si longuement le jour de son départ, mais Jean avait gardé le secret.

– Olek veut t'épouser, c'est-à-dire pas tout de suite, seulement quand il sera grand et pourra gagner suffisamment d'argent.

Marie se fit répéter la nouvelle deux fois, puis répondit qu'il lui fallait réfléchir avant de donner une réponse. Elle réfléchit toute la journée et, vers le soir, composa un poème où elle disait qu'elle acceptait de devenir la femme d'Olek.

« Quelle drôle de fille, tout de même! pensa Jean. Comment fait-elle pour écrire aussi facilement des poèmes où les mots riment entre eux et expriment en même temps exactement ce qu'elle ressent? Et elle est jeune encore! Qui sait, elle réussira peut-être à devenir un auteur célèbre? Et Olek, un grand commandant. N'avait-il pas déjà prouvé qu'il savait se débrouiller partout? » Dans sa troisième lettre, il dit à Jean qu'il avait déjà trouvé du travail et qu'il était en train de chercher une école du soir pour continuer ses études.

Seul Jean n'avait pas encore réalisé son rêve. C'était pénible de penser qu'on ne ferait peut-être jamais autre chose que peser du savon et transvaser du pétrole en veillant à ne pas provoquer d'incendie!

Épilogue

S'il est difficile de commencer un livre, il est encore bien plus difficile de le terminer.

Que de choses importantes se sont passées en une seule année! Et lorsqu'il s'en écoule dix? quinze? Vous rendez-vous compte?

Comme ils ont dû changer pendant tout ce temps, nos chevaliers d'honneur!

Que sont-ils devenus? Ont-ils réussi à devenir célèbres? Olek est-il resté fidèle à Marie? Ou bien a-t-il oublié la petite poétesse? Eh oui! Olek épousa Marie et réalisa son rêve de commander une armée. Voici comment : il entra comme ouvrier dans une usine; un jour, il y eut une grande grève et il fut élu délégué, ce qui lui valut d'être déporté trois ans au fin fond de la Russie; lorsqu'il revint, ses camarades l'élurent député. Ses rêves s'étaient accomplis : il était chef pour de bon, et, même si son armée n'avait ni armes ni canons, elle était grande, forte et vaillante.

Marie était devenue à la fois ouvrière et écrivain. Elle travaillait dans une fabrique de tapis et publiait ses mémoires dans la presse. Et tout ce qu'elle y décrivait était aussi passionnant que les histoires qu'elle inventait autrefois pour les enfants de la cour. D'ailleurs, un journal n'aurait pas imprimé n'importe quoi!

Et Jean? Lui qui voulait devenir un grand médecin?

Voici ce qu'il en dit lui-même dans une lettre adressée à sa sœur et à son beau-frère :

« Je n'ai pas pu devenir médecin, je ne

suis qu'aide-infirmier, mais célèbre quand même! »

La façon dont il s'est rendu célèbre mérite d'être rapportée ici.

Un jour, il se présenta dans un hôpital pour demander un emploi. Accepté comme aide-infirmier, il remplit scrupuleusement ses tâches, toujours discipliné, serviable et silencieux. Personne ne s'occupait de lui, lui non plus ne s'occupait de personne.

Jusqu'au jour où il se brouilla avec une sœur infirmière qui traitait mal les malades qu'elle n'aimait pas. Il l'observait depuis quelque temps déjà et il se révoltait en la voyant brusquer tel ou tel pauvre bougre dont la tête ne lui revenait pas, et le négliger jusqu'à lui servir des restes en guise de repas. C'est que, même parmi les infirmières, on en voit des bonnes et des mauvaises!

Quelque temps après cet incident, il y en eut un autre : cette fois, Jean dut s'en prendre à un infirmier qui oubliait un peu trop souvent de prendre la température des malades. L'homme, qui jouissait de quelques appuis à la direction de l'hôpital, porta plainte, et Jean faillit être renvoyé. Mais, au lieu de devenir plus prudent, il redoubla encore de vigilance et fit une véritable chasse aux abus.

Ceux-ci ne manquaient pas à l'hôpital. Une nuit, un cas particulièrement grave se produisit, qui faillit coûter la vie à un malade. Il s'agissait d'un grand blessé dont on avait pas changé le pansement. Le médecin qui s'en occupait était en voyage, l'autre, qui le remplaçait, disait n'avoir pas le temps. Dans la nuit, le malade se mit à délirer et fut pris d'une forte fièvre. Jean, qui était de garde, appela l'infirmier, mais celui-ci déclara que ce n'était pas son affaire. Jean se lava alors les mains, changea le pansement du malade, puis écrivit son rapport.

Pendant toute la semaine, l'hôpital fut en ébullition. L'affaire fit scandale, mais Jean obtint gain de cause. Tout le monde se mit à le craindre et son autorité s'affirma. Puis, un jour, survint un événement qui le rendit vraiment célèbre.

Lors d'une visite officielle ayant pour objet le contrôle du bon fonctionnement des services hospitaliers, le grand manitou de l'opération, un commissaire affublé d'un tas de décorations, exprima le désir d'inspecter le bloc opératoire pendant une intervention. Or, le médecin-chef l'accompagnait, c'était trop fort! Jean, indigné, se posta devant la porte d'entrée et leur interdit de pénétrer dans la salle.

– Qu'est-ce qui vous prend? lui dit le médecin-chef, laissez-nous donc passer!

– Je ne peux pas, répondit Jean, c'est interdit, le chirurgien est en train d'opérer.

Le visiteur eut l'air contrarié.

– C'est bien, ça, vous connaissez votre devoir, dit-il enfin en surmontant sa mauvaise humeur, et il continua sa visite comme si de rien n'était.

Quelque temps après, un grand chirurgien de Cracovie vint visiter l'hôpital à son tour.

– Est-il permis d'entrer en ce moment? demanda le médecin-chef en apercevant Jean devant la porte de la salle d'opération.

Et il lui adressa un grand sourire. Quant à son hôte de Cracovie, il eut ce mot que Jean n'oublia pas de sitôt :

– Ah! c'est donc lui le fameux employé? Savez-vous que vous êtes célèbre?

« Comme vous voyez, mes chers Olek et Marie, je suis devenu célèbre, moi aussi! » disait Jean dans sa lettre à sa sœur et à son ami d'enfance. Dans la suite de sa lettre, il leur donnait des nouvelles de papa, qui avait eu dernièrement quelques ennuis de santé mais qui allait déjà mieux, puis de maman et d'Abou, qui avaient l'intention de venir chez eux pour les fêtes de Noël. Enfin,

Jean demandait à Olek l'adresse d'un avocat qui pourrait rédiger un statut pour l'Union des employés des hôpitaux dont il était l'un des responsables.

« Vous souvenez-vous encore du statut des chevaliers d'honneur? C'est curieux, la façon dont tout se réalise dans la vie! »

Castor Poche

Des livres pour toutes les envies de lire,
envie de rire, de frissonner, envie
de partir loin ou de se pelotonner dans un coin.

Des livres pour ceux qui dévorent.
Des livres pour ceux qui grignotent.
Des livres pour ceux qui croient ne pas aimer lire.
Des livres pour ouvrir l'appétit de lire et de grandir.

Castor Poche rassemble des textes du monde entier ; des récits qui parlent de vous mais aussi d'ailleurs, de pays lointains ou plus proches, de cultures différentes ; des romans, des récits, des témoignages, des documents écrits avec passion par des auteurs qui aiment la vie, qui défendent et respectent les différences. Des livres qui abordent les questions que vous vous posez.

Les auteurs, les illustrateurs, les traducteurs vous invitent à communiquer, à correspondre avec eux.

Castor Poche
Atelier du Père Castor
4, rue Casimir-Delavigne
75006 PARIS

Castor Poche

A chacun ses intérêts, à chacun ses lectures.

9 séries à découvrir :

Aventures
Contes et Fables
Connaissances
Fantastique et Science-fiction
Histoires d'Animaux
Humour
Le monde d'Autrefois
Mystère et Policier
Vivre Aujourd'hui

Castor Poche

Une collection qui s'adresse à tous les enfants

Benjamin : dès 3/4 ans
Cadet : dès 5/6 ans
Junior : dès 7/8 ans
Senior : dès 11/12 ans

Castor Poche, des livres pour toutes les envies de lire : pour ceux qui aiment les romans qui parlent d'autrefois, voici une sélection de titres dont l'action est située dans le passé.

4 **La gloire** **Junior**
par Janusz Korczak

Dans la Pologne du début du siècle, Marie, Olek et Jean vivent une enfance difficile. Très tôt, ils sont confrontés à des problèmes graves : la pauvreté, la mort, le chômage... Cela ne les empêche pas de faire de grands projets d'avenir. Comment, chacun à sa manière, les réalisera-t-il ?

19 F**abrice et Berger** **Junior**
par Jean Cazalbou

La guerre, l'exode, les files de réfugiés. Fabrice a perdu sa mère dans la foule. Il erre dans Sud-Ouest de la France... Une femme, restée seule à la ferme, l'accueille. Fabrice fait connaissance de Berger, un chien perdu lui aussi. Comment Fabrice et Berger vont découvrir un nouvel univers et vivre une grande amitié...

29 **Le mystère des grottes oubliées** **Junior**
par Hans Baumann

Lascaux, 1940 : quatre garçons découvrent une grotte aux parois couvertes de mystérieuses peintures. Ils guident dans « leur » grotte l'abbé Breuil, le spécialiste de la préhistoire, qui examine les bouquetins, les chevaux, les taureaux et s'écrie : « Votre grotte est la plus belle de toute la France et peut-être même du monde. » Et le savant commence son récit

35 **Une enfance en Sibérie** **Senior**
par Victor Astafiev

La vie est si dure que les rapports se détériorent entre Ilia, onze ans, et sa belle-mère. Après une scène violente, Ilia quitte la maison. Il est accueilli par des flotteurs de bois avec lesquels il descend le fleuve pour rejoindre le village de ses grands-parents. Auprès d'eux, Ilia se sent à la fois aimé, protégé et responsable...

42 **L'injure au soleil** **Senior**
par Joyce Rockwood

Colombe-de-pluie, la jeune Indienne Cherokee, a neuf ans lorsque apparaît le tout premier des quatre présages annonçant des événements sinistres. Colombe-de-pluie grandit, et la vie s'écoule avec ses joies et ses rudesses. Mais l'anxiété croît, les interrogations se multiplient...

69 **Le 12 juillet** **Junior**
par Joan Lingard

Sadie et Tommy sont protestants, Kevin et Brede catholiques. Ils vivent à Belfast, en Irlande du Nord, dans deux rues proches. Mais les enfants sont ennemis parce que leurs parents le sont et il en est ainsi depuis trois siècles... La tension monte et, le soir où la violence éclate, le drame qui en découle conduit les enfants à se poser la question : « Pourquoi se détestent-ils ? »

71 **Perle et les ménestrels** **Junior**
par Dorothy Van Woerkom

En Angleterre, au XIIIe siècle, Perle et Gauvin, deux enfants de serfs, s'enfuient des terres du seigneur auquel ils appartiennent. S'ils échappent aux recherches durant un an et un jour, ils seront libres : c'est la loi. Ils sont recueillis par des ménestrels et Perle révèle ses dons de musicienne. Mais l'un des archers du seigneur semble l'avoir repérée. La fuite éperdue reprend...

Castor Poche Connaissances

Une nouvelle série
à partir de 8/9 ans.

Castor Poche Connaissances

Des petits « poches » à lire d'un trait
ou à prendre et à reprendre.
Des textes pour stimuler la curiosité,
pour susciter l'envie d'en savoir plus.

Castor Poche Connaissances

En termes simples et précis,
des réponses à vos curiosités, à vos interrogations.
Des textes de sensibilisation
sur des notions essentielles.
Les premières clés d'un savoir.
Des sujets variés.
Le sérieux de l'information
allié à la légèreté de l'humour.
Un ton alerte et vivant.

Dans chaque ouvrage,
un sommaire et un index détaillés permettent
de se référer rapidement à un point précis.

C1 Bon pied, bon œil ! (Junior)

Notre santé

par Lesley Newson

Quels sont les moyens de défense et de reconstruction de notre organisme ? Que se passe-t-il à l'intérieur de notre corps lorsque nous avons la varicelle ? Ce guide concis et vivant nous permet d'en savoir plus sur les microbes, les virus, les bactéries et... sur nous-mêmes.

C2 Comme un sou neuf ! (Junior)

La bataille contre la saleté

par Lesley Newson

Qu'est-ce que la saleté ? Comment agissent le savon, les détergents ? Une approche, à la fois scientifique et vivante des questions d'hygiène, qui nous informe avec précision et humour, et nous aide à combattre la saleté sur notre corps, sur nos vêtements, dans nos maisons et dans nos villes.

C3 La marche des millénaires (Senior)

A l'écoute de l'Histoire

par Isaac Asimov & Frank White

Parce qu'il traîte autant des modes de vie et de l'évolution des techniques que des faits dits historiques, ce livre transforme le domaine parfois rebutant de l'Histoire en une matière vivante et attrayante. Les connaissances historiques sont mises en relation avec les grandes préoccupations d'aujourd'hui, et deviennent du coup captivantes.

C4 Sale temps pour un dinosaure ! (Junior)

Les caprices de la météo

par Barbara Seuling

Comment se forme un grêlon ? En quoi une tornade diffère d'un cyclone ? Quelle est la température la plus chaude jamais enregistrée sur terre ? Qu'est-ce que la foudre ? Mille informations sur le temps et la météorologie sont regroupées dans ce petit livre, qui dissipent les interrogations et ... éclaircissent notre ciel !

Cet
ouvrage,
le quatrième
de la collection
CASTOR POCHE,
a été achevé d'imprimer
sur les presses de l'imprimerie
G. Canale & C. S.p.A.
Borgaro T.se - Turin
en mai
1995

Dépôt légal : 2e trimestre 1980.
N° d'Édition : 18117. Imprimé en Italie.
ISBN : 2-08-161704-8
ISSN : 1147-3533
Loi n° 49-956 du 16 juillet 1949
sur les publications destinées à la jeunesse